文春文庫

ほの暗い永久《とわ》から出でて

生と死を巡る対話

上橋菜穂子　津田篤太郎

文藝春秋

目次

ほの暗い永久《とわ》から出でて

生と死を巡る対話

単行本　二〇一七年十月　文藝春秋刊
「未曾有のパンデミックにどう向き合うか」
「地球に宿る」の二篇は文庫版のための書き下ろしです。

挿絵　上橋菜穂子

はじめに　思いがけぬ角度から飛んでくる球

上橋菜穂子

つい先日、我孫子《あびこ》から日吉《ひよし》へ車を走らせていて、ちょっと疲れて休憩しようと八《や》潮《しお》のパーキングエリアに寄ったのですが、お茶を飲みながら車のテレビをつけたら、実に面白い番組をやっていて、思わず駐車したまま、長々と、その番組を見てしまいました。

NHKスペシャル『AIに聞いてみた　どうすんのよ⁉ニッポン』という番組で、NHKが独自に開発した「社会問題解決型AI」に膨大なデータを読み込ませて、いま日本人が抱えている問題に提言をさせ、AIが何を言いたいのか、それが本当に社会問題の解決につながるのかを、マツコ・デラックスと有働《うどう》由美子《ゆみこ》アナウンサーの軽妙なやりとりに導かれながら考えていくのです。

そもそもAIに読み込ませたデータが、総務省などの公の統計データからラブホテルの数やラーメン屋の店舗数など多岐にわたるため、出てくる提言も「ラブホテルが多いと女性が活躍する」というような、一見、なんだそれ？　と思われるものばかり。

番組放送後には、「相関関係と因果関係をごっちゃにしている」などの批判ツイートが相次いだそうですが、私は、むしろ、ＡＩが、人間にはまったく思いもつかない相関関係を平然と提示してくるところに、猛烈な面白さを感じました。

異なる分野の専門家を集めて討論をさせる番組や、公募で集まった人たちが討論する番組などでは気づかなかったことが、この番組では実によく見えたのです。それは、思考の外にあるものから、突拍子もない提言がなされたとき、人間がそれを「実に人間らしく」解釈していく生々しい過程です。

ＡＩが出した提言は突拍子もないのに、一旦、それを人間が受け取ってしまうと、そこからは、人間にとって納得がいく方向へと、議論が引っ張られていき、専門家の意見も、一般からの参加者の意見も、ＡＩほどの突拍子のなさはなく、どこか見慣れた見解へと集約されていくのです。

それはある意味では、新しい切り口から遠ざかっていく過程なのですが、その一方で、そこには、人が拘《こだわ》らずにはいられないなにか――人にとって「意味がある」と思える因果――へと、議論を引っ張っていってしまう「人の関心の力」のようなものが見えたのでした。

それは多分、議論を投げかけてきた対象がAIで、人にとって思いがけぬ角度から球が飛んできたからこそ見えた、「人間の球の受け取り方の癖」だったのでしょう。球を投げ合う者の間に距離があったからこそ、新鮮な驚きを覚えるほど、客観的に「人間の思考の在り方」が見えたわけです。

この往復書簡もまた、AIと人間ほどではないにせよ、かなりかけ離れた経験をもつ二人の間を、思考の球が行ったり来たりして出来上がったものです。

津田篤太郎《つだとくたろう》さんは、西洋医学と東洋医学の両刀使いで医療に携わっておられる聖《せい》路加《るか》国際病院の膠原病《こうげんびょう》内科のお医者さんで、私は、作家で、文化人類学者。畑も違えば、経てきた経験も違います。

私たちの出会いは二〇一五年、私の母の肺がん判明がきっかけでした。

私にとって、愛する母の命が終わっていくのを見守らねばならなかった二年間は、これまでで最もつらい時でもあり、同時に最も学ぶことの多い時でもありました。

その二年の間、私には思いもつかない角度から球を投げてくださる津田先生と行ってきた思考のキャッチボールは、「痛み」を「思考する価値のある意味」へと変化させる力をもつ強烈な体験でした。

私たちとは、また違う人生を生きてきた皆さんには、この思考のキャッチボールは、何を見せるのでしょうか。

生と死を巡る思考の様々に、わずかでも驚いていただけたら、幸せです。

蓑虫と夕暮れの風

上橋菜穂子

秋晴れの、透きとおった青空を窓の向こうに見ながら、いま、お便りを書いております。

なんと、蟬が鳴いています。もう九月も終わり、そろそろ十月になろうというのに、ここしばらくの晴天に勇気を得て、ここを先途《せんど》と雌を呼んでいるのでしょうか。誘われて添いに来る雌はいるのでしょうか。

今年も夏は猛暑でしたが、私には、とても短く感じられました。いつもなら残暑が長い九月に、秋を思わせる長雨が続き、そのまま、するすると秋に滑り込んでしまい、蟬たちも存分に鳴くことができずに、困っていたのかもしれません。

暗い地中のしずかな、長い、幼虫の日々を経て蛹《さなぎ》になり、眩しく白い真夏の光のもとに飛びだして、精一杯に雌を呼ぶ。己の生命を次の生命へとつなげていくことができるのか、あのジイジイ、ニィニィ、ミィーン、ミンミンと盛り上がって行く鳴き声は、実に切実な呼び声なのでしょうが、でも、傍で聞いていると、あたり憚《はばか》らぬ大声で必死に恋の告白をしている男を見るようで、どこか滑稽に感じてしまうのは、私だけでしょうか。

『獣の奏者』を書いていたとき、王獣という、この世にはない生き物が、天を舞いながら交尾をする姿が目に浮かんできて、ああ、美しいな、と思いました。はじめて嗅ぐ雄の匂いに誘われて、リランという名の雌の王獣は発情し、胸元を真紅に染めて飛び立つのです。

この物語がアニメになったとき、「発情色になったリラン」の設定が送られてきたのですが、それを見た瞬間、吹きだして笑ってしまいました。巨大な王獣リランの全身がピンク色に発光していたのです。

いや、これはちょっと……と、思いながらも、雄の匂いに誘われて、ピンク色に染まったリランが意外に可愛く思えて、ＯＫを出しました。

アニメもドラマも、放映されてみると、「設定」の止め絵で観ていたものとはまったく違う、いわば命を吹き込まれた何かに変わるもので、実際にアニメで放映されたシーンは、それはもう、神々しいほどに美しく、滑稽さはまったく感じませんでした。

制作を担当された方に、「ＮＨＫのアニメで交尾のシーンを放映したのは、このアニメが初めてかもしれません」と言われましたが、小さなお子さんが見たら、ただ、二羽の大きな鳥が仲良く戯れながら飛び、やがて上下に重なるようにしか見えなかったことでしょう。

その場面を見ながら、私は、ぼんやりと、人の社会において、性が秘すべき、どこか野卑なことであるかのように扱われていることの不思議さを思っていました。性別をもつすべての生物にとって、生命を次世代につなげるという意味では、最も大切な行為であるはずの性交。人以外の生物で、性交の瞬間を、他者の目につかぬよう隠すべきこと、としている生き物はいるのでしょうか。私が知らないだけかもしれませんが、どうも、あまりいないような気がします。

性交を、人が、秘すべきもの、他者には見せるべきではない「恥ずかしい行為」と感じるようになったのは、いったいいつからで、そして、なぜなのでしょうね。ふちなみに、私は、性交は秘された方が、情としては濃くなると感じています。ふたりだけの、他者の知らない行為であるからこその親密さが育《はぐく》むものがあって、そこに、人ならではの情のうごきがあるのだろう、と思うのです。そういう心のうごきを世界中の人々が共有しているのだとすれば、この心のうごきにも、生物としての必然が、どこかに隠されているのかもしれません。

恥ずかしい、という感情もまた、人ならではの面白い感情であろうと思いますが、そこに触れてしまうと、話が広がり過ぎてしまいますので、ここでは触れずに済ませましょう。

人以外の生物で、性交の瞬間を、他者の目につかぬよう隠すべきことにしようとしている生き物はいないような気がすると書きましたが、隠すという意図はなくとも、その行為が外からは見えない生物は、きっといくらでもいるでしょう。

昨夜、『にほんのいきもの暦』という本を読んでいて、ある記述に行きあたり、胸を突かれて、しばらく茫然としてしまいました。――それは蓑虫《みのむし》についての記述でした。

津田先生は、ご存知でしたか？　蓑虫の成虫には口がないのですね。蛹から羽化した雄は、口のない、食べ物をとることのない、つまりは、カチッとタイマーのスイッチを入れられたように生きる時間を限られた状態で、あのモコモコの蓑を破って飛び立ち、雌を探すのですね。

幸運にも雌が住む蓑に辿り着けた雄は、雌の蓑の下に開いている穴から腹部だけを挿し入れ、雌の全身を見ることもなく交尾をするのだそうです。限られた命の時間の中で、雌に辿り着けぬ雄もいるのでしょうが、空を飛べるせいでしょうか、私には蓑蛾《みのが》になった雄の姿には、必死ではあるけれど、すがすがしさが感じられます。

けれど、雌は……。

実は、読みながら茫然としてしまったのは、雌の命の辿り方なのです。

私はずっと、漠然と、蓑虫というのは蛾の幼虫で、やがては蛾となって飛び立つのだと思っておりました。でも、飛び立つのは雄だけなのですね。

夜でしたので他の本を探しに行くこともできず、ウェブで様々検索していたのですが、『生命誌』のウェブサイトに、詳細で、胸をしめつけられるような記述がございました。

ご興味があれば、ぜひ読んでみていただきたいのですが、九州大学の三枝豊平《さいぐさとよへい》先生が書いておられる「雌と雄・この不思議な非対称性」という記事です。

そこに描かれているオオミノガの雌の姿は、触角も複眼も口器も退化消失し、翅《はね》も脚もほとんど跡形もなく消失し、腹部は数千個の成熟卵がつまった卵巣小管で満たされて消化器官は機能を失い、腹部の末端には交尾孔と産卵器がある……つまりは、見ることも、食べることもなく、ただ次世代を産むだけの機能に特化した、ある意味で「雌」という性の機能のみで全身を満たされている姿でした。

雌はひっそりと成熟すると、夕暮れ時に、あの蓑の底の皮をやぶって頭胸部をだし、フェロモンを発して雄を呼ぶのだそうです。

夕暮れの風にのって漂っていくフェロモンを、触角で感じることができた雄は、雌が宿っている蓑へと飛び、辿り着くや、一生懸命膨らませて伸ばした腹部を蓑の中へ挿し込んで、雌の顔も姿も見ることなく、交尾を果たす。

交尾を済ませた雄が飛び立ったあと、雌はひたすら卵を産み、蓑の中を満たしていく。彼女は、一齢幼虫が孵化するまでは生き、その後は小さく縮んで蓑の下の穴から落ち、その一生を終えるのだそうです。

孵化し、己の生涯の宿り場となる蓑をつくるときまでは、外の世界に触れているのでしょうが、その後は、ただ、「そのときが来た」と、雄を呼ぶときにだけ、蓑の外の、夕暮れの風に触れる。あとはただただ、暗い蓑の中で、ひたすらに次世代を産むためだけに生きる……。

蓑虫の雌は、なにかを思うのでしょうか。暗い蓑の中で、なにかを思っているのでしょうか。

彼女にとっては、「外」も「他」も、わずかしか存在せず、ほぼ等身大の蓑の中に満たされた己だけが在る。

こういう生き物の在り様を知るとき、いつも私の胸に浮かんでくるのは、我が身もその一部である「世界」の、実に淡々とした、機械的な、とでも言いたくなるほどに、ただ流れて行くだけの生々流転のシステマティックな姿と、我が心との乖離《かいり》なのです。

心筋梗塞などの心疾患は、女性は男性より五年から十年遅れて発症することが多く、閉経後から増えていくそうですが、このことを知ったとき、なるほど、子孫を残すという役目が終わった身体には、終わっていくためのスイッチが入るのか、と、うそ寒いような気持ちと、でも、どこか、淡々と、そういうものなのだろうな、と納得している気持ちとが、綯《な》い交ぜになってこみあげてきたものでした。

私も、いつの間にか五十の坂を越えました。閉経が近づいてきた頃から、それまでと違う食生活をしているわけでもないのに、コレステロール値やら血糖値やらが、どんどん正常値から外れはじめ、朝目覚めると、すわ、リウマチ？　と恐れるほどに、手の指が芋のようにむくんで、こわばっています。その指を見るたびに、身体が私に語りかけている声が聞こえるような気がするのです。

生物の身体のシステムは、驚くべき精密さで命を支えながら、その一方でまた、驚くべき精密さで、個体の命を終えるようにしている。

こういう在り様を見ていると、生き物は遺伝子を伝える乗り物に過ぎないという言われ方も、そうであろう、と思わざるを得ません。

ただ、そう思うとき、必ず胸にこみあげてくるのは、「なんのために？」という思いなのです。

そうして伝えていく遺伝子は、やがて、どこへ辿り着くのでしょうか。究極のその場所に、あるいはその時に、辿り着くということに、なにか意味があるのでしょうか。

「なんのために」とか「意味」というようなことは、人が生まれ落ちたあとに、意識して、あるいは無意識にも、習い、身につけていく様々な「人の思考」の影響で生み出されたものに過ぎず、それは結局、この世界の在り様、生物の在り様とは、全く関係のないことなのかもしれません。でも、人に生まれてしまった私には、それ以外の思考のうごきを取りようがないのです。

人は（と普遍化してはいけないかもしれませんが）、答えが出ないとわかっている問いを、果てしなく問い続けるような脳を与えられて、生まれてきたのでしょうか。

なんのために生まれ、なんのために生き、なんのために死ぬのか。

そういう問いかけは、「生物としての人間」の在り様にとっては、問うても意味がないものなのに、なぜ、問うように、脳ができているのか。――私が「乖離」と書いたのは、つまりは、そういうことなのです。

答えがないと、わかっているにもかかわらず、私は、繰り返し思わずにはいられないのです。なんのための「生」なのだろう、と。

人が、ものに憑かれたように何かを問い続けるときというのは、大概、心の底に、「こうであって欲しい答え」を抱いているような気がします。ですから、きっと、私はすでに、心の奥に、「こうであって欲しい答え」を持っているのかもしれません。

でも、その答えは、追えば追うほど逃げていく恋人のように、必死に問えば問うほど、するり、するりと心の裏側に入り込んでしまい、必死に目を凝らしても、決して見えないのです。

そして、目を凝らしながら、私は感じているのです。追っても、決して見えない姿を、私は追っているのだ、と。——生物としての真実と、私が求める答えとは、多分、まったく別の道の上に佇《たたず》んでいる。ひとつを辿れば、もうひとつは見えないのだから、と。

津田先生に出会い、御著書を読み、様々なお話をさせていただいていると、時折、「医学」というのは、どうも、私のような人間の、やっかいな思考や感情と、冷徹で機械的な「世界」との狭間を揺れ動いているなにかなのではないか、という思いが、浮かんでくることがあります。

人以外の生き物も、生き残るために、実に様々なことをしていますが、己の身体が変化して、我が身をとりまく環境に適応することが多いようで、その個体が生き残るように、他者から手を加えてもらった、ということは、あまりないような気がします（私が知らないだけで、あるのかもしれませんが）。

親が子を守るために天敵と必死に戦う、ということはあっても、自分の遺伝子と関係のない、顔も知らない他者をたすけるために、たすける技を生みだし、どんどん洗練させていく、というような現象は、ほとんどないのではないでしょうか。

病んだ他者をたすけられる技術は、結局、自分自身をもたすけるのだ、という思いがあって、人は熱心に医学を生み、洗練させていっているのかもしれませんが、そこにあるのは、自分の子でなくても、群れ全体を守ることが、やがては、自分の遺伝子の生き残りにつながるというような実利的な意識だけでなく、やはり、他者の生病老死を目の当たりにして、放ってはおけない、そして、他者の生病老死に、自らの生について思わざるを得ない、人の心のうごきも関わっているように思うのです。

人はみな、あるとき、我が身のことを外から見る目を得る。そのときから、果てしない問いかけが始まるのかもしれません。

蓑虫の雌は、蓑の外で、他の生き物たちがどんな暮らしをしているのか知ることもなく、ただ与えられた己の身体が為すように生き、消えていく。
蓑虫は、哀しいでしょうか。それとも、「他」を知らなければ、哀しむこともないのでしょうか。
蓑虫の雌は、つかのま触れる夕暮れの風に、何かを思うのでしょうか。

とりとめのないお便りになってしまい、申しわけございません。日が暮れるのが、随分と早くなりました。風邪も流行《はや》っているようですので、どうか、くれぐれもご自愛くださいね。

かしこ

平成二十七年九月二十三日

陽の光、燦々と降りそそぐ海で

津田篤太郎

今年の夏はエルニーニョ現象のせいか、八月中旬までの猛暑が、双子の台風の訪れとともにあっけなく終わってしまいました。まるで、舞台の幕がバサッと切って落とされて、大胆に背景が転換するようで、あまりの気温差に私は珍しく風邪をひいてしまうほどでした。

夏との別れが名残惜しく、私はいま遅い夏休みをとって、石垣島の友人宅を訪れています。

幸い、大変な好天に恵まれ、友人の案内してくれた川平《かびら》湾は、凪《な》いで信じられないぐらいに透き通り、南国の強い日差しに珊瑚礁が碧《あお》く光輝いています。私を強く惹きつけて止まない、この美しい海ですが、いつもこのような優美な表情を向けてくれるわけではありません。私が訪れる数週間前には大きな台風が直撃し、最大瞬間風速が七十メートルを超える記録的な雨風が吹き荒れました。

南国の人々のおおらかで温和な性格とは裏腹に、なかなかに厳しい自然環境の場所です。八重山《やえやま》の歴史を語るうえで避けて通れない出来事の一つに、一七七一年の大地震があります。東日本大震災にも匹敵する規模の大津波が発生し、この地から人口の三分の一を奪い去りました。その後も疫病や飢饉に見舞われ、人口が再び回復の兆しを見せるのは遠く大正期に入ってからです。

海の向こうから押し寄せた厄災はそれだけではありませんでした。古くは、薩摩《さつま》藩が琉球に侵攻し、傀儡《かいらい》と化した琉球王府は重税を課しました。与那国島《よなぐにじま》には「くぶらばり」という切り立った海岸線の岩場があり、身ごもった婦人に岩場の裂け目を飛び越えて渡るよう強制したという伝承があります。重税に苦しんだ島の人々は、このような形で口減らしのための堕胎《だたい》を行っていました。

そして今なお大きな傷跡を残す太平洋戦争です。沖縄本島のような、大規模な地上戦・市街戦こそなかったものの、日本軍は戦争遂行を口実に人々の財産と住処を奪い、マラリアが猖獗《しょうけつ》を極める山奥への移住を強いました。西表島《いりおもてじま》の南岸、遠く波照間《はてるま》を望む南風見田《はえみだ》の浜に、「忘勿石《わすれないし》」というモニュメントがあります。戦争末期、波《は》照間島の住人は軍命で西表の湿地帯に疎開させられ、三割もの人がマラリアで命を落としました。当時の国民学校の校長先生はこの悲劇を後世に伝えるため浜辺の岩に「忘勿石」の文字を刻んだのです。傍に建てられた慰霊碑には死亡した生徒たちを含む八十五人の名前が見えます。

残酷な歴史の闇が深ければ深いほど、目の前の燦々《さんさん》と降りそそぐ陽の光と白い浜辺の照り返しが、眩しく感じられます。豊かな海は、人々に様々な恵みを与える一方で、多くのものを奪っていきました。八重山の人々にとって、海は新しい文物や異国の人々との出会いの場であると同時に、慣れ親しんだものや愛すべき人々との別れの場でもあったはずです。

交通が発達した現代の我々にとって、どこまでも拡がる大海原の眺めは、胸に大きな期待を秘めながらまだ見ぬ世界に向かって漕ぎだす進取の精神を思い起こさせますが、手漕ぎ船の時代の人々にとっては、生活世界の境界であり、一種の障壁とか限界として意識されていたのではないでしょうか。

「パイパティローマ伝説」というものが、最南端の島、波照間に伝わっています。ちょうど本土の「西方浄土」みたいなもので、波照間の南に、この世の苦しみとは無縁の楽土・ユートピアがある、という伝説です。その昔、重税に苦しんでいた島民が、「南波照間《パイパティローマ》」を目指して島を抜け出る、ということが繰り返しあったようです。脱出した島民の多くは、元いた島はおろか、この世にも帰ってこなかったのでしょう。

「美しく咲き誇る桜の木の下には屍体が埋まっている」という言い伝えがありますが、私には、八重山の美しい珊瑚礁や、水平線に沈む太陽に照らされる雄大な夕映えの空を見ると、どういうわけか亡くなった人の記憶や、死後の世界のことを思わざるをえないのです。もう秋というのに、ブーゲンビリアの花に、かわいらしい蝶々のつがいが、ひらひらと戯れています。気候風土の違う八重山で、このシーズンに蝶々が飛ぶのは珍しくないらしいのですが、東京からやってきた私の目には、どうも現実離れした風景に見えるのです。ひょっとしたら冥界はこういうところなのかも……と。

上橋さんがおっしゃっている、一生を蓑の中で過ごすミノガも、そして、此岸《しがん》と彼岸《ひがん》を行き来するが如き軽やかさで虚空を舞う蝶々たちも、生物種の分類では大きく「昆虫」という括《くく》りに入ります。「昆虫」のほとんどはご存知の通り、二対の翅と三対の脚というシンプルな形態的特徴を共有する無脊椎動物のグループですが、ここになんと五百万種とも一千万種ともいわれる膨大な数の生物種が属し、地球上に存在する生物種の八割が昆虫なのではないか、と見積もられています（注1）。この世界は、万物の霊長たる人類が統治しているのではなく、ムシたちで埋め尽くされているわけです。

これほどまでに昆虫が繁栄しているのは、地球上の、ありとあらゆるところに入り込んで、その環境に恐るべき柔軟性で適応し、逞しく生き抜いているからです。上橋さんを茫然とさせたあのミノガも、卵を山盛り抱えて飛び回っていれば、どんな外敵の餌食になるかわかりませんから、じっと独り、蓑を被って隠れ、最小限度の機能だけを残して残りは退化させる生存戦略を採ったのでしょう。

それとは真反対なのがヒト科ホモ・サピエンスです。ヒトは、自分が環境に適応するのではなく、環境を自分に向いたものに改変して適応させる、という空前の生存戦略を発達させました。

その戦略は火おこしの仕方や衣服の作り方、狩猟採集の道具や農耕技術の発明に始まり、数千年の時を経て、今や気温や湿度を室内で自由自在に操れるようになってきました。一朝一夕にはうまくいったというものではありませんが、昆虫の四億年の歴史に比べれば、十分速いほうです。

ムシとヒトは、生存戦略こそ違いますが、この地球で生き抜いていくうえである重要な特性を実現した、ということでは共通しています。その特性とは、多様性です。

昆虫は、環境に適応して、大胆にからだの構造を作りかえるような進化を繰り返し、驚くべき種の多様性を実現しました。進化するためには、生命の設計図である遺伝子DNAを書き換える必要がありますが、生命は効率よく遺伝子DNAを書き換えるためのシステムを持っています。それが性《セックス》です。

性とか生殖というと、生命が殖えるためのもの、と思われがちですが、それだけのためのものではありません。もし殖えることが最優先ならば、親と寸分たがわぬコピーを作るのが一番手っ取り早く、効率も良いです。シャーレの中で増える細菌は、短時間で爆発的に個体数を増やしますが、これは無性生殖といってセックスを経ない分裂で殖えるからです。細菌はそのうちシャーレに入りきらないぐらい増えてしまい、スペースや栄養分の不足で死滅するようになります。爆発的に増えたものはあっという間に衰えてしまうものです。これでは生命の連続性は保てず、遠からず絶滅してしまうでしょう。

性は、この絶滅のリスクを回避すべく、親と異なる遺伝子ＤＮＡを持つ個体を産みだすように発達してきたシステムです。性のシステムの起源は、すでに単細胞生物のレベルでも見ることができます。生存環境が悪化してくると、隣り合った個体の一方が他方に触手を伸ばし、自分の持っている遺伝子ＤＮＡを全て注入してしまいます。この場合、注入した個体がオス、注入された方の個体がメス、ということになります。オスは、遺伝子ＤＮＡをすべて失って消滅し、メスも生存環境が好転するまで休眠状態となります。

このとき、個体は死を経験するのです。スペースや栄養分を食いつぶしてクラッシュするのではなく、性を通じた世代の交代により、個体は自らの実体を失い、他の何者かへ変化していきます。性のシステムが進化を推進するエンジンであり、個体に〝寿命〟という期限を設けたというわけです。

昆虫は、性のシステムをフル回転させて、世代交代を短く繰り返し、モデルチェンジを旺盛に行った結果、種の多様性をとことんまで発達させて地球上のありとあらゆる環境に適応しています。ただ、性がフル回転する陰には、大量の個体の死がもたらされます。「蜻蛉《かげろう》のような」という表現が命の儚《はかな》さを代表するのも頷けます。

一方、人間は、性のシステムに一定の制限を設けました。世代交代も近縁種と比べて非常に長く、種レベルの多様性ではなく個体レベルの多様性を達成し、さまざまな文明を産みだしてきました。このように考えると、人間が性を「秘め事」にすることと、死を恐れ、遠ざけることは同根のものであると言えるかもしれません。私には、かつてフロイトが「性愛《エロス》」と「死《タナトス》」を対にして論じたことが連想されます。

南国の蝶々から思わぬ方向に話が飛びましたが、この地の歴史に戻って改めて考えたとき、ひとつの疑問が私の頭をかすめます。果たして人間は、これから先も多様性を維持し続けることができるのだろうか……人間が作り出した文明社会が、個体の多様さを消し去ろうとする傾向は、時代が新しくなるほど強まっているように思えます。ただでさえ自然環境が厳しく、天災で命が失われる中で、近世においては「口減らし」が行われ、近代の戦争は最も生産的な個体の方から命を奪っていくという「逆進化」にほかなりません。

このような人間の愚かさを見たら、茫然とするのは、あのミノガの方ではないか、とさえ思います。「私は貝になりたい」という映画がありましたが、「私はミノガになりたい」とたくさんの人が願うような世の中が来ないことを祈ります。

平成二十七年十月某日

注1　公益社団法人農林水産・食品産業技術振興協会ホームページ
https://www.jataff.jp/konchu/breeding/1_1.html

見えるもの、見えないもの

上橋菜穂子

少し前まで、ぽさぽさと赤ちゃんの毛のように頼りなかった木々の緑が、いつの間にか、お年頃の少女の髪のように輝きを増していて、あ、もう初夏なのだと気づかされます。

津田先生、紺碧の海を渡る風のような、爽やかなお便りをいただいてから、あっという間に数か月が過ぎてしまいました。申しわけございません。

お返事をしなければ、ということは、いつも頭の片隅にあったのです。本当ですよ。ちゃんと、あったのです。でも、昨年からずっと、落ち着いてパソコンの前に座る時間をとることができぬ、怒濤《どとう》の日々を過ごしておりまして、元来怠け者の私には、ありがたくも「お返事を書くことができない」言い訳だけは、わんさ！　とある状態でございました。

忙しさの最大要因は、拙著『精霊の守《も》り人』（と、守り人シリーズ全十二巻）が、NHK放送九十年記念ドラマとして、二〇一六年三月から、足掛け三年にわたって放送されるという珍しい事態が生じたことで、ドラマの原作者って、こんなに番組宣伝に関わるものだっけ？　と、ぼやきたくなるほど、テレビ、ラジオの出演や、雑誌のインタビューなどが続いていたのです。

でも、忙しい一方、素晴らしい経験をすることもできました。

ＮＨＫの『ＳＷＩＴＣＨインタビュー達人達』という番組で、世界でも珍しい、野生動物（とくに猛禽類）を専門に診ておられる獣医師の齊藤慶輔《さいとうけいすけ》先生と対談させていただいたのですが、この方のお話が、とてもとても面白かったのです。

齊藤先生が働いておられる釧路《くしろ》湿原のそばにある猛禽類医学研究所を訪ねたのは二月で、マイナス六度の、すん、と澄み切った厳寒の大気はとても冷たく、爽快で、遥かに広がる雪原と針葉樹の間に沈んでいく夕陽は、思わず見とれてしまうほどの美しさでした。

齊藤先生は、虚空を飛翔する孤高の猛禽を思わせる風貌の素敵な方で、ひたっと見つめられると、その目力に負けてしまいそうになります。おかげで、初めは、ちょっと、おどおどしていたのですけれど、いったん対談が始まるや、ブンブン回転する歯車に巻き込まれるように自然に話が絡まり、うなりをあげて舞い上がっていきました。

放映されたのは、私の家で撮った分を含めて一時間ですが、私たちが語り合った時間は、その五倍ぐらいはあったような気がします。

あのときの会話のすべてをもう一度聞きたい、と思うくらい刺激的な話ばかりだったのですけれど、その中でも、とくに、はっとしたのが、オオワシやオジロワシが、風力発電の風車のブレードに、ばっさりと一刀両断されてしまうというお話でした。

すでに四十羽もの猛禽が死んでいるという、その事故。死骸を調べてみると、共通する特徴があるというのです。それは、その猛禽たちのすべてが、上からの一撃で切り殺されている、ということ。風車は回転していますから、当然、ブレードは上からも、下からも来るはずです。しかし、下から切られている猛禽はいない、というのです。

猛禽は飛ぶとき、前方と、餌を探すために下

方を同時に見ている。しかし、自分の後方や上空を見ることはできない。だから、下から来るブレードは容易に避けられるけれど、上から振り下ろされてくるブレードはまったく見えず、また、そんなものは自然界には存在しないので、巨大な刃が上空から振り下ろされてくるとは思ってもいないから、避けようもなく一刀両断されてしまうのだ、と、齊藤先生は気づいたのでした。

これは、なるほど！　と、膝を打ちたくなるようなお話でした。

悠々と天空を舞い飛んでいるオオワシは、地上にいる私たち人間よりずっと広い視野で世界を見ているように思えますが、それでもなお、「見える」視野は限られているのですね。

でも、あれほど巨大な物体が回転しているのですから、そもそも、ブレードの下に入ってしまう前に、なぜ避けないのだろう、と思ったのですが、齊藤先生は、「大き過ぎるものは、認識できないのだろう」と、おっしゃったのです。

見えていても、認識できない。自分が想像できる範囲を超えるものは、目の前に見えているのに、「見えない」ことがあるのかもしれない。

それは、私にとっては、猛烈に面白いお話でした。実は、似たような話を、オーストラリアでフィールドワークをしていたときに聞いたことがあったからです。それは、カンガルーの交通事故の話でした。

つい先日も、オーストラリア在住の友人から、「昨日、カンガルーにぶつかっちゃって、車のフロント部分が大破しちゃった」という凄いメールがきて、あれあれ、と思いましたが、カンガルーは人間と大差ないくらいの体格をしていますから、ブル・バー（カンガルーなどの大型の動物にぶつかる事故から車を守るために、フロント部分に装着する金属のバー）をつけていないと、ぶつかったらエライことになるのです。

なにしろ広いオーストラリア、都会の外を走るときは、制限速度を大幅に超えて、百数十キロでぶっ飛ばす人は少なくないですし、カンガルーは夜行性で、街灯もない暗闇の中から道路に跳ね出てきますから、いったん遭遇してしまったら、避けるのは難しい。

でも、私はいつも、なぜ、カンガルーは、ライトを煌々《こうこう》とつけて走ってくる車に気づかないのだろう？　と、不思議に思っていました。

日本と違って、平坦な道が延々と続く場所では、遥か彼方にいる車のライトも見えるものです。闇の中、灯りが迫ってくれば、なにかが来るとわかるのでは？　と、思っていたのですが、オージーたちは、そう不思議がる私に、笑いながら、

「夜は、ブッシュの地面より道路の方が温かいから、道路で寝ていて、あっという間に轢《ひ》かれるんだろ」

とか、

「やつらは、ほら、後ずさりできないからな。こっちは百数十キロでぶっ飛ばしているのに、前に跳ねて逃げようとするから、ぶつかるんだよ」

などと、教えてくれたものです。

それらの説は、一応、なるほど、と思われたものの、どうも、いまひとつ、すっきりしないなぁと思っていたとき、ある人が、

「カンガルーは、車を認識できないらしいね」

と、言ったのです。

「動物が近づいてくるときの物音ってのは、二本足でも、四本足でも、タ、タ、というようなリズムがあるだろう？　でも、自動車の車輪がアスファルトの上を走ってくる音っていうのは連続音だから、生き物が近づいてくる音とは、まったく異質

の音なんだよ。

ライトもそうだ。あんな光を煌々とつけて近づいてくる生き物はいないから、カンガルーも、他の動物も、近づいてくる『それ』が何なのか認識できずに、呆然としているうちに、撥《は》ねられてしまうんじゃないかな」

球が飛んでくれば、ぱっと避けるように、動物には、「考えずに、反射的に動く」能力が備わっているはずですから、車が車として認識できなくても、そういう反射的な反応を引き起こす状態であれば、カンガルーは逃げるでしょう。

でも、そうでない瞬間が、存在するのかもしれません。車が、避けるべきものとは感じられない、とても異質な――自分が認識できる世界にはない――ものとして、彼らの前に姿を現す瞬間が。

目の前に忽然《こつぜん》と姿を現す、途方もなく大きな風車。足音をさせずに高速で近づいてくる物体。そういう「異質な」ものは、見えているのに、見えない、ということが、あり得るのかもしれない。

目で見ることができる物体でさえ、ときに「見えない」状態になるというのは、なんとも不思議ですが、私には、このことが、生き物の認識の本質に深く関わっているような気がしてならないのです。

もしかすると、生き物はそれぞれ、「想定」の箱の中で暮らしているのではないか。自分と、自分を取り巻く世界が「こういうものである」という「想定の箱」の中で。

その想定の外にあるものは、見えない。認識できない。――そういうことが、あるのかもしれません。

津田先生が前回のお便りで多様性について触れておられましたが、ある生き物にとっての「想定の箱」は、意外に共通していて、多様性の幅は狭いのかもしれないという気がしています。

例えばヒトのように、視覚――目で見ること――が、とても大切になっている生き物にとっては、「見えるか、見えないか」が、「あるか、ないか」を想定する基準になっていて、それは、とても頑固で強力な基準として共有されているような気がするのです。

でも、世の中には、ふと、「想定の箱」の外に思いを巡らし、見えないものでも、在るのではないか？　と考えることができる人もいて、そういう人が、常識の中に埋没していては決して気づくことのできぬ、思いもかけぬ何かに気づき、新しい道を見出してきたのかもしれません。だとすれば、津田先生が前回のお便りで書いておられたように、一様な「想定の箱」の中にいられない、多様な人がいることが、人類をここまで生き残らせてきたのかもしれませんね。

ところで、話が、ぴょん、と跳んで恐縮ですが、ファンタジーが苦手な人、とても多いこと、ご存じですか？

『ハリー・ポッター』が世界を席巻したとき、ブームが来ましたから意外に思われるかもしれませんが、実は、あまり売れないようです、ファンタジーは。

『精霊の守り人』のテレビドラマの放送が始まったとき、私はネットに溢れる様々な声を読んでいたのですが、初回の、綾瀬《あやせ》はるかさんの度肝を抜くような武闘シーンを絶賛して観てくださっていた視聴者の中に、二話目で、この世と重なりあって存在するもう一つの「目に見えぬ世界」があることが明かされるあたりで、それがどういうものか想像できない、という声が生まれていくのを目にしました。

異界から捕食者が現れても、目には見えない。その見えない何かの気配を感じて、主人公の女用心棒が戦うのですが、「見えない」ので、何と戦っているのかわからなかった、という人がいたのです。

「見えない」何かが、何であるのかを認識するためには、その現象の前後左右の繋がりから想定していくという作業が必要になります。目に見えるなら、考えるまでもなく瞬時にわかることを、見えない場合は一段、二段、と段階を踏みながら考える必要がでてくる。

日常生活に関わることならまだしも、空想の世界を理解するために、わざわざその作業をするのは面倒、ということなのかもしれません。

実は、『ハリー・ポッター』では、その作業、ほとんど必要ないのですよね。ハリーの魔法は「目に見える」ので。箒《ほうき》に乗って空を飛ぶ姿を見れば、魔法を使っているのだな、と、子どもでも一瞬で理解できます。『ハリー・ポッター』は、とても「わかりやすい」のです。

私は、十年ほど、大学のゼミで、学生さんたちに『ハリー・ポッター』とル＝グウィンの『ゲド戦記』を読んでもらい、様々な角度から議論させてきましたが、『ハリー・ポッター』は読めるけれど、『ゲド戦記』が読めなくて脱落する学生さんが、毎年、現れます。

『ゲド戦記』は、岩波書店の児童文学のレーベルから出ている本ですが、主人公ゲドが学んでいく魔法は、世界の均衡に深く関わる、いわば「目に見えぬ」力です。この世界がなぜ、こう在るのか。誰も、まだ見出すことができていない何かが、この世にはあるのではないか――そういうことを想像して、はじめて、強い衝撃とともに胸に迫ってくる「魔法」なのです。その魔法の在り方に困惑して、

「先生、ル＝グウィンって下手だね」

と、言った学生さんもいました。

「ハリーの魔法は使ってみたいけど、ゲドの魔法って地味だし、よくわかんない」

と。

目に見えないものを想像するのは本当に難しい。受け手として想像することが難しいだけでなく、目に見えないものは、その存在を伝えることもまた、とてもとても難しい。

そして、育ってきた文化が違うと、「想定の箱」もまた、変わってくるようです。

『精霊の守り人』が英訳されたとき、アメリカの出版社の担当編集者（偶然にも、

アメリカで『ハリー・ポッター』の出版を手掛けた方でしたが）から、いくつもの疑問や指摘が送られてきたのですが、その中に、ドラマでも「見えない触手」として表現された例のシーン、異界から捕食者が襲いかかってくる場面で、主人公の女用心棒が、目には見えずとも、殺気を感じるのが「わからない」という指摘がありました。

「彼女は、何か見たのですか？」

と、問うてきたのです。

忍者漫画で育った私にしてみれば、武術の達人が、「……む？　殺気！」と、姿が見える前に敵を察知するシーンなど飽きるほど読んでいましたし、「見えない触手」は、なんだかわからなくとも、武術の達人である女用心棒が、殺気に反応したことが「わからなかった」という声は、少なくとも日本では聞かなかったのですが、いざ、アメリカ人の編集者に「殺気」を説明しようとすると、これが意外に難しくて往生しました。

ハリウッド映画やドラマでも、勘が鋭い戦闘のプロが、そういうシーンを演じているような気がするのですが、「気配」を英語で説明するというのは、実に難しいことだったのです。

編集者さんから、

「東洋的な『気』の概念と関わっているのですか？」

と、問われて、うーん、なんちゅうか、まあ、その、それに近いような、違うような、と悩んでしまったものですが、彼女が、「殺気」というのは現実には存在しないフィクションならではの設定ね、と思っていたことが、ビシビシ伝わってくるやりとりでした。

津田先生もご著作の中で、東洋医学の説明に「気」がでてくると、とたんにアヤシイ感じになって、うさん臭く思われてしまうと書いておられましたね。

そういえば、岸本葉子《きしもとようこ》さんの『生と死をめぐる断想』の中でも、東洋医学の「気」に関わる、とても面白いエピソードが書かれていました。

『生と死をめぐる断想』は、がんを経験した岸本さんが、その経験から、生と死、医、スピリチュアリティなどへ思索を広げていく、とても面白い本なのですが、その中で、ご自身でも代替医療を体験してみよう、と、漢方治療を受けたときのエピソードを「理解できないものへの態度」として、書いておられたのです。

　岸本さんは、漢方クリニックで、服薬と併せて食事療法を示されたとき、食物それぞれに性質があって、飲んでいる漢方薬と逆の性質をもつ食物をとると、薬の効果を減じてしまうという説明を受けます。筋道は通っているけれど、食物の性質をとらえる基本にあるらしい「気」については、岸本さんには、わからなかった。そのわからないことを、わからないまま実践していることに対して、他の患者さんが、彼女を問いつめたのだそうです。

　……同じクリニックに行き、食事療法の話が出たところで混乱して後で私を問い詰める人もいた。あなたのように合理的な考え方をする人が、あのような非科学的なことをなぜ理解できるのかという。

「理解はしていない、私にとってこのことは、理解できるかどうかではなく、するかしないかの二者択一の問題だ」

　と答えると、

「それは宗教に入信する人が言うことと同じだ」

　と言われた。

その指摘は私の胸を刺した。

抗弁したい気持ちはある。伝統的宗教の差し出す救いに手を伸ばすことのできなかった知の人々、岸本英夫の煩悶《はんもん》や頼藤和寛《よりふじかずひろ》の孤高にシンパシーを感じてきた者にとって、これ以上辛辣《しんらつ》な指摘はない。しかし言い返す論法はなく、問いだけが自分の中に残った。

宗教を信ずる心と代替知を求める心とは、同じなのだろうか。（六五－六六頁）

自分が理解できないことを、それでも実践する――それは、確かに、信仰と、とても似通った行為で、岸本さんが悩まれたお気持ち、とてもよくわかります。

このエピソードを読みながら、「非科学的」という言葉を、全否定の正当な根拠であるかのように話す人に、私だったら、さて、なんと答えていただろう？　と、ぼんやり考えていました。

自分が慣れ親しんできた思考の基盤から外れているものは、とても見えにくい。捉え難いがゆえに、容易に別のものへとすり替わり、すり替わってしまったことにすら気づかない。東洋医学の「気」と、「宗教」は、まさしく、西欧科学を絶対視する思考に慣れ親しんでいる私たちにとっては、つい、同じ箱に入れてしまって、その本質を見誤ってしまう可能性が高いものの典型でしょう。

　宗教を、私は信じません。神仏を思い、拝む気持ちは、実は、とてもあるのですが。なぜなら、私は、自分が想定の箱の中にいると、思わざるを得ない。だからこそ、目の前に在るにもかかわらず、自分には見えない、認識できないものが、その箱の外にはあるかもしれず、たとえ、見えず、捉えられず、その実体を特定できなくとも、「だから、ない」とは思えないのです。

　それは、しかし、「信じる」という行為とは、多分、正反対の思考です。

「信じる」というのは、わからないものを、わからぬまま、静かに目をつぶって「想定の箱」の蓋を閉じ、安寧に至る行為ですが、私は、いつまでも安堵できぬ不安を抱えながらでも、虚空に向かって「想定の箱」の蓋を開けていたい。

　目で見ることも、確かめるすべも、まだ知らず、これまで学んできたスケールでは測ることも捉えることもできぬもののみが見せてくれる、未知の何かに、おずおずとふるえながらでも、目を凝らしていたいのです。

なんだか、とりとめのない話になってしまいましたね。でも、きっと、津田先生には、この話、「とりとめて」いただけるだろうと感じています。

季節の変わり目、目にみえぬ風邪のウィルスに負けぬよう、どうか、くれぐれもご自愛くださいませ。

かしこ

平成二十八年五月五日　快晴の日吉にて

切り口を変えると、見方が変わる

津田篤太郎

一年で最もさわやかな季節になりました。

私の友人がこのあいだブログに「蠶始鳴《かわずはじめてなく》とはよく言ったもの……」と書いていました。東京に住んでいると蛙の鳴き声は聞こえてきませんが、動物の行動はかなり正確に季節の移り変わりを反映するようです。

この「蠶始鳴」は七十二候《しちじゅうにこう》と呼ばれる、一年の季節の分け方の一つです。季節といえば、現代の私たちにとっては春夏秋冬の四季がお馴染みですが、四季の始まりとピークで仕切ると、立春・春分・立夏・夏至・立秋・秋分・立冬・冬至の八つになり、これを八節というのだそうです。四季と八節で「季節」というわけですね。

さらに、こよみを開いてみると、八節の三倍、一年を二十四に分けた二十四節気《にじゆうしせつき》があり、そのまた三倍に細かく分けたのが七十二候、というわけです。

一年を七十二にも分けてしまうと、ほんの五日ぐらいで次の区切りにうつろいゆくのですが、「蛙の鳴き始めが聞けるのは一年でこの時期だけ」とばかりに、儚い時候の変化を惜しむことができるのは、日本の気候風土がそれだけダイナミックで変化に富んでいるからなのでしょう。

日本列島は国土は狭いですが、国土の三分の二が森林におおわれ、先進国ではフィンランド・スウェーデンに次ぐ規模の割合なのだそうです。これだけ森林が豊かなのは、雨がよく降り、水資源に恵まれているということがあり、湿度の高い環境で落ち葉や枯れ木が朽ちると肥沃《ひよく》な土となります。私たちのご先祖様はこの土壌を耕して、豊かな実りを享受してきました。

なぜ日本は雨が多いかというと、海に囲まれていて、切り立った山地があり、風が吹くからですね。冬はシベリアの凍《い》てついた大地から、夏は太平洋の暑い大海原から季節風が起こり、海上を吹き渡る間に大量の水蒸気を帯びて、日本の山地にぶつかって雲となり、降水をもたらします。水は大いなる恵みの源ですが、しばしば大雪・大雨・洪水という形で私たちに襲い掛かってくる、厄介な存在でもあ

ります。

そしてもうひとつ、なぜ日本列島が大陸と大洋の狭間にあり、山がちの地形であるのか、ということについては、地球惑星科学が答えてくれます。

地球は太古の昔、ドロドロに溶けた溶岩の塊でしたが、時間の経過とともに表面が冷え、溶岩は固まって厚い岩盤となり、その上に大陸と海洋が形成されました。ところが、一皮めくるとその下は液体状の溶岩ですから、溶岩が流れ動くのにしたがいその上の岩盤も徐々に動きます。そのうちに、岩盤同士がぶつかって盛り上がったり、ある岩盤の下にもう一方の岩盤がめり込んだりします。こうして高い山脈と深い海溝が形成された、という説をプレートテクトニクス説といいます。

日本列島は、ユーラシア側の巨大な岩盤《プレート》に、太平洋側のこれまた大きなプレートがめり込んでできた、巨大な海溝（日本海溝）のすぐ西側に位置します。太平洋側のプレートはいまなお一年に数センチずつめり込み続けており、めり込む際に太平洋側のプレートに長年かけて降り積もった堆積物がユーラシア側に乗り上げたもの（付加体）が列島の原型になったそうです。その後数億年かけてユーラシア側から列島を切り離す動きも起こり、最終的に日本海と、いまの形の四つの大きな島になりました。

つまりは、プレートとプレートの巨大なシワ寄せの上に私たちは立っていて、そこに風が吹き、雨が降り、深山幽谷が形作られています。さらには太古の地球を偲ばせる溶岩が噴き出す世界有数の火山国でもあり、美しい自然の風景を目にしながら温泉を楽しむことができます。

しかし、先ほどの「水」と同様、地球の「火」のエネルギーは、私たちに恵みだけではなくすさまじい災いをもたらします。前回のお手紙では、それを八重山の昔語りとして書きましたが、上橋さんからのお便りを待つうちに、嘆かわしくも、またもや新たなる災いを現在進行形の形で目にすることとなってしまいました。

今回の熊本地震を、さきの東日本大震災と関連したものととらえ、日本は九世紀以来の地震活動期に入ったのだ、と言う専門家もいます。確かに、熊本地震は震度7が立て続けに二回起こるという、観測史上いままで例のないものでしたし、東日本大震災の津波は、明治や昭和に経験された大津波を上回る規模で、同規模の津波は八六九年の貞観《じようがん》地震にまでさかのぼると言われています。一千年を軽く上回る時間のスパンというものは、現代の科学者・技術者たちの「想定の箱」を遥かに外れていたために、私たちはこの国で史上最悪の原発事故を目撃することになりました。

考えてみれば、地震や津波、火山噴火のほか、大雨・大雪・洪水、山崩れや雪崩《なだれ》、暴風や高潮、旱害《かんがい》や冷害などなど、自然災害の塊のような土地に、一億二千万人もの人口が住んでいるのは不思議なことです。災いを上回る恵みがあるからでしょうか？　そうとも考えられますが、火山学者の研究によると、南九州では数千年に一度巨大なカルデラ噴火が起きており、直近の……といっても七千三百年前ですが……鬼界アカホヤ噴火と呼ばれる大規模な噴火では、九州一円の縄文文明が壊滅したそうです。このような破局的出来事に対しては、どのような防災技術を以ってしても対策とはなりません。できることがあるとすれば、いまのうちに九州から全人口を退避させ、立ち入り禁止区域にすることぐらいですが、それは現実的な選択肢とはならないでしょう。

もちろん、ここまで大きな災害でなければ、対策を立てられることはいくらでもあるので、私たちはある程度の安全を確保してこの地に住み続けています。一千年に一度の災害には、見通しの立たない原発災害を抱えながらも、何とか耐え忍んで生きていますが、一万年に一度の災害には、全くなす術《すべ》がないものであろうと予測します。この国で生きていくには、百％の安全を諦め、日々うすうす死ぬ覚悟をしておくことが必要なのかもしれません。

こんなことを考えだすと、一刻も早く日本を脱出し、どこか安全な外国で命の心配をしないで生きていきたい……と思わなくもないのですが、外国暮らしは外国暮らしでリスクがあります。一万年に一度の災害に遭うことを心配するのであれば、だいたい飛行機や船だって乗れません。日本より治安の悪い国はたくさんあるし、安定した収入や住居を確保できないかもしれません。

結局、私たちは一生、災いと付き合っていかねばならないのだ、と思った瞬間、あることがひらめきました。私たちに恵みをもたらすものと、災いをもたらすものは、全く同一なのではないか。不可分であると考えるならば、私たちを産みだしたものと、私たちを滅ぼすものもまた、同一不可分のものではないか、ということです。

そのひらめきが降りてきたのは、実はあの、上橋さんの『精霊の守り人』シリーズの放映を見ていた時のことです。帝は、チャグム皇子が魔物に卵を産み付けられたことを知り、長じて自らを滅ぼす存在になる前に、わが子を暗殺しようとします。このお話の設定が、私に仏教説話に出てくる阿闍世《あじゃせ》王の逸話を連想させました。

阿闍世の父でマガダ国の王であった頻婆娑羅《びんばしゃら》は、ながらく跡継ぎに恵まれず、ある占い師に見てもらったところ、「毘富羅《ヴィプラ》山に住む仙人がもうすぐ死んで、お后のお腹に宿って生まれ変わりを果たします」と言いました。頻婆娑羅は一刻も早く跡継ぎを、と急ぐあまり、毘富羅山の老仙人を探しだして殺させたところ、見事、お后が懐妊しました。出産が近づき、もう一度わが子の運命を占い師に占わせたところ、「お腹の中の皇子様は、前世であなたに殺された怨みを持ってお生まれになります」と告げました。頻婆娑羅夫妻はこの予言を恐れ、産気づいたお后は阿闍世を高い楼閣の上から産み落としますが、指を一本折っただけで命は無事でした。

阿闍世は自分を亡き者にしようとした親を許さず、成長して王位を継いだ後に、父王を幽閉します。食事を与えられない父王を救うために、母后も牢に入りましたが、父王は餓死してしまいました。こうして占い師の予言は的中し、阿闍世自身もわが子の手にかかって殺されました。

この説話は後に、精神分析学者の小此木啓吾《おこのぎけいご》らにより取りあげられ、子どもが出生について自分の親を怨むようになることを「阿闍世コンプレックス」と名付けました。これはフロイトの「エディプス・コンプレックス」とよく比較されるのですが、エディプスは「父殺し」の側面が強調されるのに対し、阿闍世の物語は母親に対する怨み・恐怖のモデルケースとして引き合いに出されるそうです。いずれにしろ、洋の東西を問わず、人間の無意識を研究する精神分析学者が、自分の出生・出自に対する敵意というものがあるんだ、ということを指摘しているのは、非常に興味深いことです。

ここからは私の独断と偏見によるものですが、エディプスが父を殺したのは、母親という異性を巡って争ったためで、殺害という行為に向かわせたエンジンは性的衝動だ、というのがフロイトの論だとすると、阿闍世が親を殺そうとしたのは、自分の安全が脅かされたという怨みが主な動機で、自分を世に出すために自分の前世を害したり、この世に出たら今度は楼閣から落とされたりと、自分の存在を産みだしたり消したりを気ままにできる存在としての両親に恐怖したことが、殺害に向かわせるエンジンになった、というのが小此木のアイデアではないかと考えます。

私には、無意識の世界における「自分を産みだした存在＝自分を滅ぼそうとした存在」という構図が、恵みとともに災いをもたらす大自然に命をゆだねるほかなかった日本人により導きだされたということは、単なる偶然ではないように思われるのです。ある対象に対して、愛着と同時に畏怖の念を抱く、思慕の裏に憎悪がある、というのは不条理だし、グロテスクでさえあります。このようなわけの分からない心の動きに対して、蓋をして、見なかったことにして日常を過ごそうとするのは自然なことです。

『精霊の守り人』では、帝に代表される宮廷の権力世界が、偽の建国神話をでっちあげますが、これは「自分たちを滅ぼそうとする」大自然の一側面を描き落とした欠陥神話です。そのような悪しき物は自分たちが退治した、これからはわけの分からないことに心を煩わせずともよい、安心せよ……これが権力者のレゾンデートルになっているわけです。

対照的に、先住民ヤクーの神話では、大自然の恵みをもたらす慈愛の顔と、多くの命を無惨に奪う獰猛な顔が不可分な形で描かれています。意識の世界（上橋さんの物語の用語でいうと〝サグ〟）では、全く正反対の別ものにみえても、無意識の世界（〝ナユグ〟）ではつながっており、同一物である、これが物語を貫く一つの重要なテーマになっていると感じましたが、いかがでしょうか？

〝ナユグ〟に蓋をする、帝や頻婆娑羅など権力者たちは、息子の命運や自分たちの未来を、あらゆる手段を使ってコントロールしようとしますが、彼らは暗闇で自動車に突っ込むカンガルーに似ています。無意識の世界など、「想定の箱」に入っていないので、存在さえ認識することができない、にもかかわらず、存在しないはずのものをコントロールしようというのです。あらゆる権力を握っていながら、非常に無力で、見ようによっては愚かな人々です。

私たちは言語や科学で記述できるのは世界の一部に過ぎず、ましてやコントロール可能な領域はさらに小さい、ということを忘れがちです。このあいだの上橋さんのお手紙で、岸本葉子さんの闘病記のくだりをご紹介されていました。「科学的」には手段がなく、不治となったものを、どうすればよいのか……私は医師ですので、いつもこのことに悩まされるのですが、がんには一般に思われているよりも多くのケースで「自然治癒例」が存在します。がん患者さんをたくさん見ている医師ほど、その事をよく言います。ではどうしたら、自然治癒するのか……ある人に尋ねれば「神仏に祈ったから」と答えますし、またある人は「玄米菜食に切り替えたから」、さらには「毎日木登りをしたから」なんて言う人もいます。

もちろん、これらはすべて「非科学的」な治療の例ですが、厳然として存在します。ですから「非科学的」というだけでは何も否定したことにならないのですが、「自然治癒例」をまねて根拠に乏しい治療を妄信し、リスク・ベネフィットも顧みず実行に移すのは、「宗教と同じ」「非合理的」と言われても仕方ないでしょう。そこにはあの権力者たちと同じ、不治の病を何とかしようとするコントロールへの欲望が見え隠れしています。

意のままにならないものを意のままにしようとすることは、大変つらいことです。岸本さんも、それで非常に苦しまれたのだと思います。この苦しみから解放されるには、コントロールしようとする欲望そのものを手放すしかありません。それはただ、座して死を俟《ま》つというようなことではなく、欲望を手放すとはもっと能動的な行為だと私は信じています。無意識の世界では、災いと恵みが不可分のものとしてつながっています。だとすると、不治の病にも「恵み」の側面があるかも知れないのです。女優の樹木希林《ききりん》さんは、自分ががんに罹ったことで、家族を含め周囲の人々が一段と真摯に自分に向き合ってくれるようになった、とおっしゃっていました。自分がこのタイミングでこの病気に罹った意味について、深く内省する患者さんに出会うと、こちら医療者サイドも襟を正さねば、という思いを強くします。

ここで強調しておきたいのは、宗教のように信じる・信じない、の問題ではなく、自分が直面している状況に関して、切り口を変えると、全く見方が変わってくる、ということなのです。上橋さんの表現を使うと、「想定の箱」をまるまる取り換えてしまう、ということになるでしょうか？

不治のがんを例に挙げると、〝科学的〟な「想定の箱」ならばこうです。がんの原因は、発がん物質や放射線などによる遺伝子の損傷である。現在の状況は、すでに手術できる範囲を遥かに超えて病巣が拡がっており、抗がん剤治療も副作用のため限界がある。予後は生存期間中央値で六か月である、ということになりますが、

〝非科学的〟な「想定の箱」だとどうでしょうか？　非常にたくさんバリエーションがあるのですが、試しにひと箱だけあけてみると、がんの原因は、「真の人生の目的」から外れ、ただひたすら身体に負担とストレスを掛け続ける多忙な生活をおくったから、であり、現在は入院を余儀なくされ、仕事から解放され家族や友人と過ごす時間が増えて、本音で何でも話せるようになった。生存期間中央値が半年ということであるが、百人のうち余命の順にならべていくと五十人目の人が半年で亡くなった、というわけで、三年以上生きている人も十人ぐらいいる。どれほどの時間が残されているかわからないが、「真の人生の目的」をもう一度思い出し、わずかでも達成できるよう努めたい……。

このように「想定の箱」を変えると、見える風景が全く違います。見えないものは存在しないのではなく、単に見えていないだけであるかもしれない、と私はいつも思うのです。

災いと恵みが不可分である、ということをさらに敷衍《ふえん》していくと、「死」すらも恵みである、そして「生」と「死」も不可分である、という捉え方に到達します。

実年齢よりも老成していると揶揄《やゆ》される私でも、さすがにこの境地を実感を持って述べるには人生経験が不足していますので、ある巨匠の逸話を引いてお手紙の締めくくりにしようと思います。

太平洋戦争中、南方戦線で左腕を失う重傷を負って生死の境をさまよい、現地民に助けられ生活を共にしたのちに帰国し、私たちに長年、妖怪の世界を楽しく漫画で教え続けてくださった水木《みずき》しげるさんは、「幸福の七カ条」というものを残されました。その中に「目に見えない世界を信じる」というものがありました。水木さんが昨年九十三歳の天寿を全うしてこの世を去られた時、ある有名な作家が葬儀で「先生は死んでいない！　まだここにいる！」と絶叫したという記事を目にしましたが、水木さんほどになると、わが身を以って「生」と「死」が不可分であることを多くの人に納得させられるのだな、と感心しました。

「幸福の七カ条」にはもう一つ、「なまけ者になりなさい」というものもありました。水木さんは寝るのが大好きで、九十歳を超しても半日ほど寝続けることがあったそうです。睡眠こそ、無意識の世界の扉を開く毎日の習慣にほかなりません。あの旺盛な創作活動の裏には、汲めども尽きせぬ〝ナユグ〟の井戸があったのでしょうね。コントロール過剰で夜更かしばかりの私には耳の痛い話です。

夜もすっかり更けましたので、私も水木さんを見習って眠りにつくことにします。上橋さんも、睡眠不足で体を壊されることがありませぬように……。

七十二候、蚯蚓《みみず》出《いずる》の深夜に

母の贈り物

上橋菜穂子

随分と涼しくなってきましたね。お元気でいらっしゃいますか？

朝、台所に入ると、庭に通じるラチスドアが必ず半分開いています。母は風を通すのが好きで、家中の窓を——背が低いので届かない窓でも、足置きに乗って——一生懸命開けてまわるのです。

老親ふたりの介護と看病のために実家で寝起きすることが多くなって気づいたのですが、母の「風を通すのが好き」は度を越していて、夏は網戸がない窓まで開けるので虫が入り放題ですし、冬は、もちろん、寒い！

それでも、夜の間に溜まった空気を吹き飛ばして家中に風がめぐっていくのは、まあ、なかなか気持ちが良くて、母がどうしてもやらずにいられない気持ちもわかるのですが。

つい数日前までは猛烈に暑かったのに、ここしばらく、朝の風が、すん、と冷たくて、その草の匂いのする風を感じるたびに、

秋来ぬと目にはさやかにみえねども風の音にぞ驚かれぬる

という和歌を思い出します。

そして、しまった、もう秋だぞ！　津田先生が前回くださったお便りでは蛙が鳴き始めていたのに、いまはもう、ツクツクボウシすら鳴かなくなっている！　と、焦る気持ちが、そくそくと、背中を擦るのです。

でも、津田先生は、私の状況をご存じだから、きっと許してくださる……という気持ちがあるもので、つい甘えてしまって、いけませんね。

前回のお便りの中で、先生が書いておられた、「自分を産みだしたものと、自分を滅ぼすものは、同一不可分ではないか」というひらめき、実は私も、かなり長いこと、同じようなことを考えてきました。

きっかけは更年期障害で、まあ、なんとも多様な症状に悩まされ、様々本を読んだり、お医者さんとお話ししたりするうちに、「更年期」という時期が意味しているものに気づいて、はっとしたのです。

最初のお便りにも、そのことを書きましたね。生物の身体のシステムは、驚くべき精密さで命を支えながら、その一方でまた、驚くべき精密さで、個体の命を終えるようにしている、と。

閉経し、次世代を残すという仕事を終えた「身体」が、死に向かって着実に自分の身体を衰えさせていく作業に入るのだとすれば、自分を産みだし、生かしているものと、自分をやがて消し去るものは同じものであり、生きることと死ぬことは、ごく当然のことながら不可分であるのに、私たち人間には、その不可分であることを、ごく当然として、悩むことなく受け入れるような心のシステムが備わっていないのはなぜなのだろう？　と、いまも考え続けています。

以前、「おばあさん仮説」というのを知って、ほほう！　と、思ったことがありました。哺乳類の多くが、生殖年齢イコール寿命で、例えばチンパンジーなどでは閉経という現象がないようで、寿命ぎりぎりまで子どもを産むのだそうですね。

確かに人間は、生殖年齢を過ぎたあとも非常に長く生きられる。

わが子が成人して子どもを産み、育てて、その子が成人しても生きていたりするわけです。人間の場合は、子どもを育てるのに他者の助けが役に立つので、おばあさんがいることが、子育てに有利になる（子孫を増やすことに役立つ）から、閉経後も長く生きられる身体の構造になっているのでは、という説もあるようですが、そういう学説を読むたびに、私はかすかな違和感を覚えるのです。

原因と結果がきれいに結びつくと正解に見えますが、多分、その「正解」の中にもグラデーションがあり、例外もあり、で、見た目ほどには、すっきりとしたものではないのだろう、という思いがあるからです。

そして、もうひとつ、その「正解」が、命に対する人の思いには、さして助けになりはしないことが、私には随分と皮肉なことに思えるのです。

なるべく多く遺伝子を生き残らせ、その遺伝子を長く、長く、伝えていくために生物の営みのすべてがある。――それが生きることの「目的」のすべてだと言われても、ひとりの人間にとっての「一生」への思いと、「それ」とは重ならない。「生物としてのヒトの生き死に」と「個人としての生き死にに対する思い」という二本の線は、微妙にずれていて、重なっていかないように思えるのです。

大切なのは遺伝子で、あなたではない。あなたの生命は遺伝子を残すという重要な作業のために消えるようにセッティングされているのですよ、と言われて、なるほど、それはすばらしいですね、そのために私は生きているんですね！　と、思って、死を納得できる人は、どのくらいいるものなのでしょう。私は、正直なところ、そんなことを言われたら、

「じゃあ、遺伝子が生き延びていく、その目指す果てはどこ？　あるのは生き残るという行動だけで、目指す果てがあるかどうかはわかりません？　だとしたら、なんで私たちは、目的だの意味だのを考える頭をもっちゃったのでしょう？」

と、問いかけたくなってしまいます。

生まれるということの、すぐ裏側にある死。そういうものを人がどう思ってきたのかを探りたいと思って、文化人類学の研究を始めた大学院修士課程の頃、私は月経不浄観について研究しました。

人を産む能力が備わっていることを示す、素晴らしいものであるはずの月経が、なぜか、世界各地で穢《けが》れたものとして扱われていることを知って、その共通した意識の底にあるものを知りたい、と、思ったからです。

当時主流だったのは、月経不浄観と、それに起因する女性忌避の慣習を、男性と女性の社会・文化的な関係から考える、いわゆるジェンダーにまつわる研究でした

が、私は、ジェンダー論や、その陰に潜んでいるフェミニズム的なものの見方にひっかかってしまうと、もっと深いところにある月経を忌避する意識の源を見損なってしまうのではないか、と感じていました。

女性は生命を生みだすために、血を流さねばなりません。血は、通常、怪我や病気や死に結びつくものですから、幼い子どもでも、血を見た瞬間、反射的に恐怖を感じるものです。でも、人間というのは面白い生き物で、本能的に恐怖や嫌悪を感じさせるものに興奮する、ということもある。わ、何か普通でないことが起きた！という感じです。まあ、火事に集まる野次馬的な、あの感じですね。

何か普通ではないと感じさせるエレメントに対して、人間は様々意味をつけ解釈せずにはいられないようで、文化人類学を学んでいると、そういう事象に度々ぶつかります。

月経は、意味を見つけたがる人間の性《さが》を刺激しまくるエレメントです。なにしろ、生と死というアンビバレントなものを同時に象徴するのですから。

多くの人は、意識せずとも、心の深いところで感じているのかもしれません。産むという行為も、生まれるという行為も、魂を永遠から有限の世界へと引きだす、死への歩みをはじめさせる行為でもあるのだ、ということを。

それはなんとも、哀しく虚しく、そりゃないよ、と言いたくなる、やるせなくて容赦ない真実です。

津田先生が触れておられた阿闍世《あじゃせ》コンプレックスの話、私にはとても懐かしい話で、月経不浄観について学んでいた大学院生の頃、友人たちと随分話題にしたものです。

阿闍世、という名を聞くと、直接関係はないのに、反射的に、その頃知った、もうひとつの話を思い出すのですが、それは本田和子《ほんだますこ》の『洗う女』考—子どもの生と死をめぐって—」という論考です。

読んでから何十年も経ちますから、他の論文で読んだことと混同しているかもしれませんが、かつて子どもを間引かねばならぬとき、間引きを頼まれた取り上げ婆さんが、その子をそっと、それまでいたところへ押し戻す——こちら側に出てこないで、元いたところにお帰り、と、押し戻す——気持ちで間引いたのだ、という話を読んで、生と死の境目の近さと、〈向こう側〉を想わずにはいられない、そして、その、実はまったく根拠のない想像が、なぜか真実であるような気がするという人の心のことを思わずにはいられませんでした。

生まれてくる我が子を間引く。――農耕を始めて、穀物や野菜を「作る」ことができるようになった人間が、収穫をコントロールするために「余分を間引く」ように、生まれてくる人の生き死にさえも、コントロールしてしまう「間引き」。生まれてくる子にとってみれば、正しく、阿闍世コンプレックスを抱きたくなる事象ですが、その行為は、為す側にも生々しく「死」を見せつけます。だからこそ、思わずにはいられないのでしょう。死というものを、生まれてくる前にいたところに帰っていくことなのだ、と。

そう思えたら――心の底からそう信じられたら――どれほど救われるだろう、と、私はいま、毎日思っています。津田先生がよくご存じの通り、最愛の母が、あちらへ行く日が、現実のものとして見え始めているから、です。

人には、楽観バイアスがあって、自分の死をリアルなものとして想像できない、と言われていますが、本当にその通りですね。やがて死ぬのだと知っていても、それが本当に起きるのだという実感は、なかなか湧かないものです。

ですから、病気になったとき、最も「本当のことと思えない。納得できない」のは、「治らない」ということで、本当に、本当に、治らないの？　と、何度考えてみても、やはり、納得できない――というか、本当のことだと思えない。

よく、がんの告知を受けたとき、自分は冷静なつもりでも、後から考えると猛烈なパニックに陥っていて、なにを聞いたのか覚えていなかった、という話を聞きますが、私の場合は、自分ではなく、母のことだったからでしょうか、がんかもしれません、と指摘されたときのことは、描け、と言われれば、小説の一場面にできるほどクリアに覚えています。

去年（二〇一五年）の一月に、聖路加国際病院の人間ドックの検査結果説明を受けていたときに見た、母のCT画像に白く写っていた小さな肺がんの原発巣の姿も、「すでに縦隔リンパに転移していますので、早いと思います。治療は急いだ方がいいです」と、おっしゃった、女医さんの表情も、声の調子も、ありありと思い出せます。

胸を圧し、頭を抱えたくなるような激烈なショックは、直ちに聖路加の肺がん専門の医師に受診予約をとっていただいた直後、ソファーに座ったときに襲ってきて、全身が冷え、指先がふるえ、頭の中では、どうしよう、どうしよう、どうしよう、という言葉だけが、ただ、ぐるぐると駆け巡っていました。

その日、母を連れて実家に帰りつくやいなや、私は肺がんについての情報を、猛烈な勢いで集め始めました。まずは内科医の従兄に電話をして様々なことを教えてもらい、それから、インターネットで、大学病院のサイトや肺がん専門医が書いている説明など、なるべく正確であろう情報を読み、その後は、ともかくがん治療に関する本、基礎的な知識を得られる本から、緩和ケアに関する本まで手あたり次第に買い漁りました。

ネットに溢れている、いま肺がんを患っている人の闘病記も、いくつも、いくつも読みました。長く元気に生きることができる可能性を見出せば歓喜し、過酷な経過の描写を読めば、落ち込みました。

山ほどの情報を読み漁るうちに、やがて見えてきたのは、がんという病の、あきれるほどの多様さでした。

自らの身体が自らを殺していくがん。母と同じ肺腺がんの患者でも、経過は千差万別。もちろん大筋は似ていて、共通点も多いのですが、しかし、病状の推移、治療への身体の反応は人それぞれで、そのことに、まず、驚かされたのでした。

母のことを打ち明けるたびに、「年寄りのがんはゆっくりだから、大丈夫」と慰められましたが、そうとは限らないのですよね。年寄りのがんでも進行が速いがんは速い。若くても、進行の遅いがんもある。がんの種類や遺伝子によって、また、その人の身体の状態や性質によって、進行の速さは異なるのですね。

聖路加の主治医は化学療法の専門家で、質問には丁寧に答えてくださる方でしたから、私は様々質問をしながら、どの道を行くか決めてきたのですが、抗がん剤治療を受けるかどうか判断をせねばならなかったときの会話が忘れられません。

「この抗がん剤を使った場合と、使わなかった場合での、メリット、デメリットを教えてください」

と、お伺いした私に、主治医は、その抗がん剤の臨床実験のデータを説明してくださった上で、こういう意味のことをおっしゃったのです。——同じ人間で、使った場合と、使わなかった場合の両方のデータを採ることは不可能ですから、使った場合と使わなかった場合の比較というのは、あくまでも統計のデータなのです、と。

なるほど、と、思いました。人の身体には、それぞれ多様な違いがあり、がんはその人の細胞なのですから、「その人」で実験しない限り、本当の答えは出ない。使った場合、使わなかった場合、何が起きるか、それを比較することはできないのですね。

ｉＰＳ細胞などが、やがては、その比較を可能にしてくれるかもしれませんが、少なくとも今は、他者の身体で試された、しかも、使った人、使わなかった人が別々であるデータの結果を道標にするしかないのだ、と、そのとき、はじめて知ったのでした。

母の肺がんのステージは、もうⅢ期、しかも、分子標的薬やＡＬＫ融合遺伝子阻害薬が有効な遺伝子の変異がなく、原発巣と転移巣の位置もわるくて放射線治療もできない。

セカンドオピニオンもとりましたが、その放射線科の専門医が母のＰＥＴ検査の画像を観ながら「八十を過ぎておられるのに、なんでこんなに活発な色（ブドウ糖が集まって光を発している色）をしているかなぁ。もうちょっと老人らしいがんだったら良かったのにね」と、おっしゃった、その口調に滲んでいたあきらめの感情に、私は傷つき、落ち込んだのでした。

母のがんの現実が見えてきて、わずかにすがりついていた希望への扉を、ひとつ、ひとつ閉ざされて、暗夜の底に閉じ込められていった日々の、あの絶望感は、いまもありありと思い出せます。

その絶望の底で、私は、一冊の本に出会ったのです。星野《ほしの》恵津夫《えつお》著『がん研有明病院で今起きている漢方によるがん治療の奇蹟』という本でした。

タイトルだけでは、なんとなく、○○でがんが治った！式の本のように思えるかもしれませんが、実際には、がん研有明病院で長年漢方によるがん治療に携わってきた星野先生が出会った様々な症例について書かれている本で、この本を読んで、私は初めて、漢方を用いることで化学療法の副作用を軽減できること、がんそのものにも、ある程度の効果が認められる場合もあって、西洋医学だけで対処するより、身体的に楽な時間を過ごしている患者さんがおられることを知ったのです。

はっとしたのは、非常に厳しい、末期の進行がんを患いながら、海外旅行に行くことができた男性の事例で、その男性の笑顔の写真を見たとき、私は、ふいに、目の前が開けたような気もちになったのです。――それが多分、私の思考の方向が変わった瞬間でした。

完治しなければ終わり。もう何もない。絶望しかないのだ、という思いに囚われていた心に、涼やかな風が吹きこんできたのです。

人は、死ぬのです。――なにをしても、必ず、いずれ、死ぬのです。

たとえ、この病を患わなかったとしても、母が死ぬ日は必ず訪れるはずで、だとすれば、いま、私が観ているのは、はじめて本格的に可視化した、母の「人生のタイムリミット」なのだ、と、気づいたのでした。

ならば、私にできる最上のことは、母に残されている時間を輝かせることだ。ぐずぐずと、己の哀しみに囚われて、うずくまっている暇はない。それ、がんばれ！

と、何かに背中をはたかれたような気がしました。

津田先生は「コントロールしようとする欲望そのものを手放す」ということを書いておられましたね。

老いた父母には出来ぬことを、私がやらねばならない場面が増えて、母娘の位置関係が逆転し、私が保護者になって、母の治療方針を決める立場に置かれていたこともあり、私は、いつの間にか、母の命をコントロールできるような錯覚に陥っていたのですが、そのとき、ようやく、「母の運命をコントロールできる（＝死を回避する方法がどこかにある）はずだ」という思考の道筋を、手放したのです。

その日から、私は手あたり次第に漢方の本を読みました。読み漁る中で出会った『病名がつかない「からだの不調」とどうつき合うか』という本が抜群に面白くて、この著者は、なんと隅々にまで目配りができて、しかも、明快な思考をなさる方なのだろう、と感嘆したのです。――その著者が、津田先生でした。

シンクロニシティ（共時性）を実体験することは、意外に多いものですが、このときもそうで、この本に載っていた先生のプロフィールを読み、「え？　いま、聖路加国際病院におられるんだ！」と思った、その数日後に、旧来の友人である文藝春秋の編集者さんに母の状況を伝えたとたん、「津田先生なら、よく存じ上げていますよ。お食事でも、ご一緒しませんか？」と誘っていただいたのでした。

しかし、同じ病院内におられるお医者さんであっても、別の科の先生にも診ていただきたいのですが、などと、肺がんの方の主治医にお願いして良いものなのだろうか？　その上、肺がんの主治医は化学療法の専門家だし、漢方でも支えてもらいたいと言ったら、難色を示すかもしれない……と、悩んでいたとき、母の血液検査の結果から強皮症が疑われる数値がでて、なんと、主治医の方から、「膠原病内科受診を考えてください」と言われ、びっくり。

「ちょうど、膠原病内科の津田先生と夕食をご一緒しますので、その場でお話ししてみても良いでしょうか」……と、内心大喜びしながら、肺がんの主治医に津田先生のことをお伝えし、とんとん拍子に津田先生と巡り合う準備が整いました。

呼吸器内科と膠原病内科は、同じフロアで隣り合っていて、呼吸器内科の受診が終わると、水平移動して隣の受付へ、というのが私たちの聖路加受診コースになり、母を診ていただくついで（？）に、私もちゃっかり、漢方で支えていただく、という日々が、こうして始まったのでした。

がんを治すのではなく、がんと共に生きる。なるべく長く、なるべく健やかに生きる。そういう日々を支えてくださる津田先生との出会いは、本当に多くの幸せを私たち母娘に与えてくれました。

漢方で支えていただいたお陰で、母は、二〇一五年一月に病が見つかってから一年半、とても元気に過ごせました。

もともと、がんという病はそういうものである、という面もあるのかもしれませんが、それでも、八十二歳で、心臓にも問題があって、その上抗がん剤治療中だったのに、母は、念願だったコッツウォルズ地方とウィリアム・モリスのレッド・ハウスなどを巡るイギリス旅行をすることさえ、できたのです。

今年に入ってからは、ひどい風邪をひいて、嗅覚と味覚に異常が生じ、腰椎すべり症の悪化で足に痛みと痺れが出て、かわいそうなこともありましたが、それでも、ほんの少し前の、九月十八日のお誕生日には、三越の英国展でお買い物をして、特別食堂でお食事もできたほど元気に過ごしています。


……と、ここまで書いてから、三か月も空いてしまいました。


理由は、津田先生も、よくご存じのとおりです。先生、母が逝くとき、一緒についていてくださって、本当にありがとうございました。

この往復書簡を書く間の、どこかで、こういうことが起きると覚悟はしていましたが、こんなふうに、書いている最中に起きるとは思っていませんでした。

がんは急変したら早い、ということは、知識としては知っていましたから、一か月前に、母が「なんだか胸苦しいんだよ」と言い、パルスオキシメーターで血中酸素飽和度を測ってみて、わずか八十八しかないことに気づいて愕然としたとき、すでに、頭では「きたぞ、これが急変だ。母の命は、きっと、月の単位あればいい方だろう」と、わかってはいたのです。

しかし、これほど早いとは思いませんでした。というより、頭でわかっていることと、感情が一致しないという不思議な経験をした一か月でした。

母の急変を感じた夜、内科医の従兄に電話をして、大至急、在宅酸素を私の新居に入れる手配をしてもらい、翌日には母を実家から新居に移して、酸素吸入を始めました。

八十三歳になっても、おしゃれさんの母でしたから、鼻にカニューレをするのが嫌で、「お母さん、絶対、酸素なんてしない」と駄々をこねていましたが、もちろんそんな我儘《わがまま》を言える状態ではなく、三リットル入れても血中酸素飽和度は九十いくか、いかないか。

私がその状態だったら、きっと高山病のようなつらさで喘《あえ》いでいたのでしょうが、母の場合はゆっくりと低酸素状態に慣れていたからでしょう、なんだか胸苦しい、というだけで、それほど激烈な苦しさは感じていないようでした。

それでも、横になってても、なんとなく苦しく、お腹の具合も思わしくなくて、先生にお教えいただいた漢方で対処したり、さすってあげたりしながら、約一週間、母の世話をしました。私はとても敏感になってしまって、二階で寝ていても、階下で母がトイレに起きようとしている気配だけで目が覚め、階段をかけおり、支えてトイレに連れて行くという状態で、ほぼ眠ることができませんでした。

それまで、母が、あまりにも普通に暮らしていたので、私は随分油断をしていたのです。翌週に、在宅医療を引き受けてくださる先生の受診予約がとれていた、その矢先の急変でした。もう少し早く在宅医療を引き受けてくださる先生を探しておけばよかった、と思いましたが、そういう「あとから考えると」は、「そのとき」には見えないものなのだ、と、今回、つくづく知りました。

私も弟も母を自宅で看取りたいと思っていましたが、脳梗塞の後遺症がある父と、この状態の母を、家族で看るのは無理であることは感じていました。それでも、なんとか、最後まで家族と一緒に家で……と、思っていた私の甘さを、ぴしっと正してくださったのが、津田先生でしたね。

「上橋さん、入院させましょう。聖路加の酸素吸入の質は、本当に素晴らしいんですよ。お母さま、格段にお楽になると思いますよ」

夜、お電話で長々と状況をお伝えしたとき、そういって背中を押していただいたお陰で決心がつき、母も、話を聞くや、すぐに「入院したい」と、言ってくれました。

聖路加の医療と、看護の体制はさすがに素晴らしく、胸全体に溜まっていた胸水を抜いていただくと、呼吸も楽になって、母は随分と元気に過ごすことができました。

津田先生、診療を終えたあと、毎晩病室にいらしてくださって、ありがとうございました。母は毎日、先生がいらっしゃるのを心待ちにしていたんですよ。食欲はなくなっていましたけれど、母は、亡くなる前日の朝食も、ちゃんと座って食べていました。

「がんばらなくっちゃ」

と、つぶやきながら、温かいミルクとお砂糖をたっぷりかけたオートミールを、スプーンですくって食べていた母の横顔が忘れられません。

一口、二口食べるたびに、背中をトントン、と、はたいて、さすってあげないと食べ物がちゃんと胃に落ちて行かないので、私は脇につきそって、背中をはたいてあげていたのですが、そうして母の背をトントンしながら、赤ん坊の私が母乳を飲むたびに、母も私の背を優しくトントンして、ゲップをさせていたのだろうな、と思っておりました。

それから横になり、昼ぐらいから、いわゆる「身の置き所のないつらさ」が始まり、声もれも始まり……そこからの数時間が一番かわいそうでしたが、やがて、緩和ケアで落ち着くと、後は、安らかな顔で、ぐっすり眠っているような状態になって、翌日の夕方に逝くまで、一度も目覚めませんでした。

母は名うての晴れ女で、その日も、午前中は雨だったのに、いよいよ逝くときになると、雨はあがって、夕空に、なんとも美しい黄金色の光が満ちていました。

家族全員に抱きしめられ、呼びかけられても答えないまま、母の脈がなくなっていき、医師が「六時ちょうど」と、宣言をはじめた……まさに、その瞬間、聖路加のチャペルの鐘の音が澄んだ音で、カーン、カーン、と鳴りはじめ、医師の声に重なりました。

あの場にいたみんなが、はっとして、思わず顔を見合わせましたね。私は、泣きながら、微笑《ほほえ》んでしまいました。

あの瞬間は、母が私にくれた、最高の贈り物です。

「おばあさん仮説」について書きましたが、命について思い悩む人という生き物にとって、閉経後も母親が長く生きてくれることには、大きな恩恵があるのかもしれません。

私を産みだした母は、人の一生というものを、その身と心のすべてをもって私に教えてくれました。

長いお便りになってしまいました。

――それに、なんだか、往復書簡、最後のお便りのような文章になってしまいましたが、いえいえ、まだまだ。

穏やかで暖かい年明けでしたが、さすがに小寒、急に、この時期らしい寒さが

戻ってきましたので、先生、どうかお風邪などひかれませんよう。
そして、本年も、何卒よろしくお願い致します。
かしこ
平成二十九年一月五日

私たちの輪郭を形作るもの

津田篤太郎

門松は冥土の旅の一里塚　めでたくもありめでたくもなし（一休宗純）

お母さまが亡くなられて、はや二か月が過ぎ、気がつくと年があらたまっております。今年のお正月は例年にないぐらいに穏やかな日和で、Facebookで誰かが金閣寺の写真をアップしているのを見かけました。北風が止んだその刹那、澄み切った冬空に輝く金色の舎利殿が、池の水面に鏡の如く映し出され、外国人観光客の一団から声があがるほどであったそうです。

しかし、その奇跡の光景も一瞬のことで、京の洛北には無常の季節風が吹きつけます。チベットの修行僧が心血を注いで砂曼荼羅《すなまんだら》を描き、せっかく長い時間をかけて完成させたものを一瞬でかき消すかのように、池の水面は波立ちもう一つの金閣はたちまち姿を失いました。

このまま時間が止まってほしい、いつまでもそのままであり続けてほしい、そう思うほどに私たちが愛惜する瞬間は数々あるわけですが、そうもいかないのがこの世の常というもので、熱力学の第二法則が説くところによれば、時間の流れとともに秩序は失われ、乱雑さ――〝エントロピー〟なるもの――が増大する、といいます。たとえば、一枚の板で仕切られた水槽の右側に熱湯を入れ、水槽の左側に冷水を入れ、真ん中の仕切りを取り払ったとします。仕切りの左右の水は混ざり合い、ぬるま湯になっていきます。水槽の右側＝熱湯、左側＝冷水という仕分けられた状態、すなわち「秩序」が失われ、ぬるま湯という「乱雑さ」に遷移するわけです。その後、どれだけ時間をかけて観察しても、右側に熱湯、左側に冷水という「秩序」が再現されることはありません。そのまま放置した状態で、何か外からエネルギーを加えない限りは、仕切りを外す前の状態に自然と戻る、ということは金輪際ないのです。

ところが、この熱力学の法則で説明のつかない、物理学者を悩ます例外が存在します。それは生命現象です。私たちのからだを形作る一つ一つの細胞は、常にエネルギーを消費しながら一定の環境を保っています。細胞の膜表面には、ナトリウムを細胞の外にくみ出し、カリウムを細胞の中に取り入れるポンプが無数に存在し、

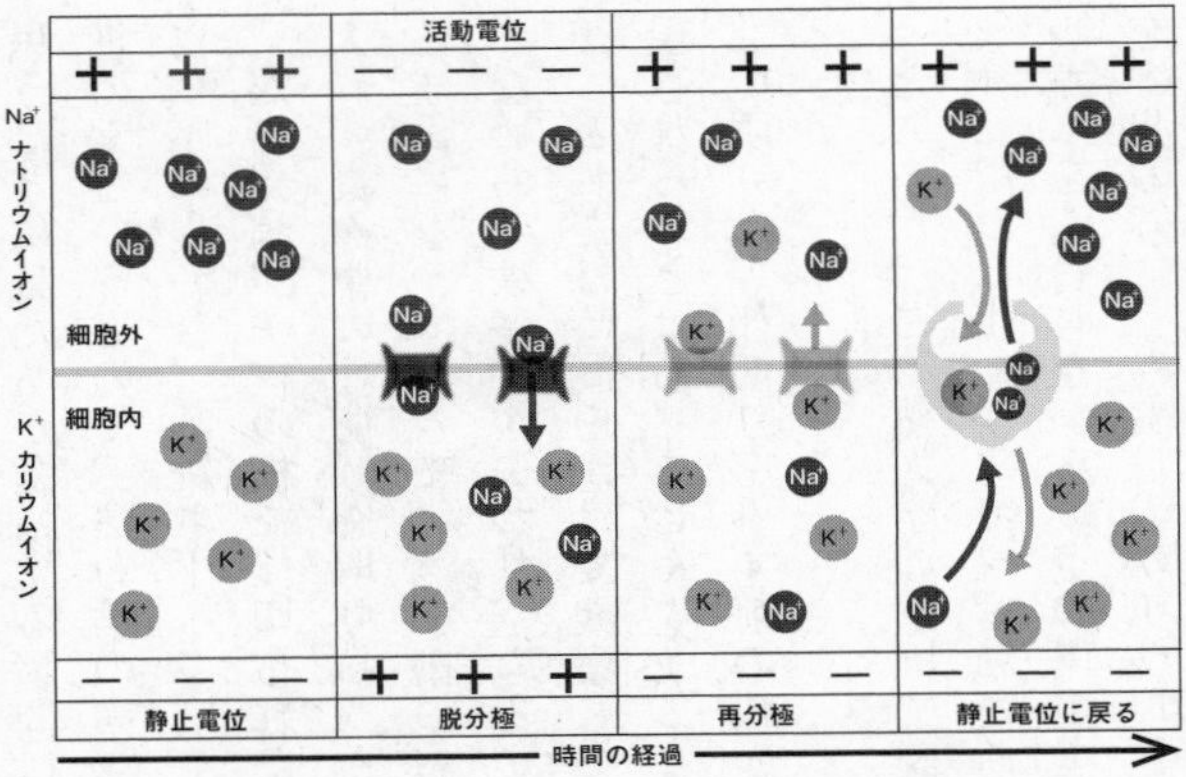

細胞膜電位の興奮と静止のサイクル

細胞の中は外に比べてカリウムが多く、ナトリウムが少ないという「秩序」が恒常的に維持されています。

そして、神経などを介して刺激が細胞に伝わると、細胞表面のチャネルが開いて、ナトリウムがどっと細胞内に流れ込み、カリウムが流出するという劇的変化が起きます。これを契機に細胞が興奮状態となり、筋肉細胞であれば収縮が起き、神経の細胞であればさらに隣の細胞に電気刺激を伝える、といった役目を果たします。そして、役目を果たした後はチャネルを閉じ、細胞膜表面のポンプを働かせて、ふたたび内側のカリウムを高く、ナトリウムを低く保ちます（図）。心臓の鼓動はこの秩序と変化によって生み出されていて、十億個ともいわれる心筋細胞が一斉にチャネルを開閉させて、一分間に約七十回、一日に十万回以上、規則正しく血液を全身に送り出しています。

これほど精妙な仕組みは何処から来たのでしょうか？　生命の起源は水中に生じた油滴のようなものと想定されていますが、熱力学の法則で考えれば、油滴を百万年観察しても十億年観察しても、「秩序」が生じるはずがない、ということになります。太古の地球を再現し無生物から生命を創り出す実験は数多く繰り返されており、タンパク質や核酸といった、複雑な構造をもった「生命の部品」は合成されるようですが、内部の環境を一定に保ち、自律的に増殖をする生命の合成に成功したという話は、いまだ聞きません。

私たちが考えもつかないような、熱力学の法則も打ち破るような〝神の手〟がほんの一瞬働いて、生命が誕生したとしても、か弱いものであれば、太古の荒ぶる環境に耐えられず、たちまち消滅してしまったでしょう。それが消滅せず、数十億年のリレーを経て現在の私たちにまで存続しているというのは、奇跡という以外に説明のしようがありません。

この奇跡をもっともらしく説明しようとすると、「進化」ということを論じざるを得ないわけですが、進化論には大きなワナがあると私は思っています。「適者生存」、すなわち環境の変化に最も適応したものが生き残っていく、というのは、〝現在私たちがここに生き残っている〟という事実から逆算した理屈に過ぎません。現状のような進化の道を辿ったホモ・サピエンスは、ひょっとしたら絶滅した側、生命のリレーのバトンを受け継ぐことができない側に回っていたかもしれなかった、という想像が抜けてしまいがちになります。

上橋さんが前回のお便りでお書きになった「おばあさん仮説」を例にとると、閉経によって孫を世話することで種が存続しやすくなるというのは、食糧その他のリソースが十分ある環境下のみであって、江戸時代の農村のような貧困環境では、子どもを産むだけ産んで死んでいくほうが「最適解」かもしれません。閉経して長生きした老人を何人も抱えると、世帯が共倒れになってしまったり、『楢山節考』のように老人を何度も〝間引く〟必要に迫られるかもしれません。

ですから、私たちは「最適解」を手にしたから生き残った、という風に考えるのは間違っているのではないでしょうか。私たちは、たまたま生命のリレーを受け継いで、ここに生きている。いろいろな偶然、熱力学の法則でも説明のつかないような奇跡が重なって、存在している。このことには何の目的もなく、また「進化」に何が正解、という事もないのでしょう。そう考えれば、多少の不条理はあっても仕方がない、ということになりますし、同じ時代に生きているということ自体が非常に寿《ことほ》ぐべきことだ、と考えられなくもないです。

私たちの生は、池に映った金閣のような奇跡の一瞬にすぎず、いずれ間違いなく滅びます。お母様が辿った道を、いずれ私たちも辿ることになるのです。あるいは人類全体も、いつの日か絶滅し、新たな生物種に取って代わられるのでしょう。そういう面においては、熱力学の法則は決して例外を許すものではありません。心身の障害のことを英語ではディスオーダーと言いますが、これは紛れもなくオーダー（秩序）が失われた状態のことを意味します。私たちの命は、ディスオーダーを蓄積しながら、ゆっくりと〝冥土の旅〟へと歩みを進めているのです。

以前のお手紙で、種は「性」のシステムを手に入れて進化のエンジンとしたが、個体には「死」がもたらされた、ということをお書きしましたが、近年の研究で、「性」のシステム自体にも終焉が宿命付けられている、という仮説が提示されています。

それによりますと、男性を決定づける性染色体であるY染色体は、女性のX染色体の一部が欠損してできたもので（旧約聖書では、神はアダムの肋骨を一本抜いてエヴァを作った、とされていますが、この学説だとエヴァが先だということですね）、現在も世代を経るに従いY染色体が徐々に短縮しているのだそうです。そして、最終的にはY染色体が消滅し、「性」のシステムが崩壊して種が絶滅する――この説が正しいとすると、無性生殖の不安定さを克服したかのように見せかけて、結局のところ「性」を手に入れた種は絶滅をせいぜい先延ばしにしているに過ぎない、ということになります。

とはいえ、人類をはじめとする有性生殖種の生き物は「性」のシステムにより、エサが取りやすくなったり、あるいは捕食者から逃れやすくなったり、病気を免れる能力を身に付けたりする進化を繰り返しながら、生き残ってきました。個体にの「死」を与えても、「性」が種の存続という点で元を取れるシステムであり続けたのは、生命をとりまく外的環境が激変し続けるからです。外的環境が一定であれば、進化の必要は無く、「性」のシステムも不要です。生命は外乱に対応するために、「性」という激しく乱数を発生させるシステムを生み出したのです。進化が目的を持って起こっているのではないという考え方（中立進化説）に沿えば、私たちは有性生殖のシステムを採用した側の種にたまたま属して生き残っている、というべきでしょうね。

この乱数発生システムは、考えようによっては極めて暴力的です。単細胞生物の原始的な「性」をみても、ある細胞が隣の細胞の壁を壊して丸ごと侵入し、それまでの生命活動を一時的にしろストップさせてしまうわけですから、これは破壊と侵略にほかなりません。多細胞生物の私たちにも、「性」はしばしば侵襲的な出来事です。スサノオノミコトの昔から、戦火の絶えない現代にいたるまで、人間の歴史は強姦の歴史と言っても良いぐらいに、「性」に暴力は付きまといます。

たとえ、文明化された生活の、祝福された結婚でさえ、「性」にはリスクが付きまといます。微生物には狡猾《こうかつ》なヤツがいて、この「性」のシステムを利用して侵入と増殖を繰り返すものがいます。新大陸を発見したコロンブスは梅毒をヨーロッパに持ち帰りましたが、旧大陸、そして日本もこの宿痾《しゅくあ》に長く悩まされることになります。二十一世紀の現代においてはＨＩＶがその象徴的存在ですが、現代医学は全力で戦っており、ひょっとすると制圧に成功するかもしれません。しかしその成功も束の間で、最近ではエボラ出血熱ウィルスが精液に長く検出されることが話題になっており、性行為感染症として人類を脅かすかもしれません。

「性」のリスクはそれだけではありません。出産も大きな危険を孕《はら》みます。周産期死亡こそ、産科処置の進歩により極限まで減っていますが、出産に伴う母体の損傷は激しく、十五％もの妊産婦が八か月以上経っても治らないダメージを背負うという研究結果もあります（注２）。

人類はからだ全体の大きさに比べて頭部が不釣り合いに発達しており、頭部が骨盤や産道を通るとき、母子ともに危機を迎えます。頭部が小さいうちに産めば、もっと楽に出産できますが、それでは子どもが胎外の荒々しい環境に順応して生きていけるようになるまでに時間がかかってしまいます。ひょっとしたら過去に早産の遺伝子を持つ霊長類があったかもしれませんが、淘汰されてしまったのでしょう。

最近では、産科医がトラブルを避けるために帝王切開を勧める頻度が高くなり、頭の大きい胎児や骨盤の小さい女性が増えてきた、と指摘する医師もいます（注3）。帝王切開が普及したのは最近百年ほどのことなので、わずか百年余りで、種としての進化に影響するというのは驚くべきことです。これも、従来の経腟分娩が進化の「最適解」などではなく、無理に無理を重ねた〝苦渋の選択〟であったことを裏書きする事実であるように思われます。

そして今や、人類は「性」システムそのものを忌避する方向に動いている、と私は見ています。人口学の指摘するところでは、経済先進国では日本を含め、急速に人口減少が始まっており、中国や東南アジアなどの中進国も今後数十年で人口減少に転じると予想されています。インドやアフリカ各国はまだ人口増加を続けているため世界の人口はいまだに高い伸びを続けていますが、人口減少で先進各国の規模が大幅に減少したあと、人口で優位に立つこれらの国々が経済的に成長すれば、やがて人口収縮の途《みち》を辿るかもしれません。

昨年、あるテレビ番組で、「性」システムの忌避を象徴するようなシーンを目にしました(注4)。どのようなシーンかというと、中国人の青年が、スマートフォンでチャットのやり取りに夢中になっている、一見なんの変哲もない光景です。ところが、チャットの相手は実在する人間ではありません。「小冰《シャオアイス》」と呼ばれる人工知能《AI》です。

この人工知能は、チャットのやり取りを繰り返していくうちに、相手の思考や好みを分析して、より相手に気に入られるように返答を「最適化」していく機能を持っています。自分の気分を良くしてくれるような当意即妙の返事をしてくれるのですから、青年のシャオアイスへの惚れ込みようは大変なもので、もう現実の異性には興味が無い、というようなことを言っていました。中国にはこうした恋人AIの利用者が数千万人もいるそうです。

文字や音声のやりとりだけでは満足できない、という御仁のためには、三次元仮想現実の動画や、「セックスロボット」が開発されつつあります(注5)。

こうした技術開発で、最も難しいのは触覚の再現です。視覚や聴覚に比べて、原始的で情報量も低いとみなされがちな触覚が最先端技術の蹠石《ちせき》となる、というのは非常に興味深い事実ですが、それはさておき、ＡＩやＶＲをめぐっては、必ず「青少年への悪影響」を論ずる人があらわれます。曰く「異性をモノ扱いするようになる」と。しかしそれはＡＩやＶＲが現実の「代用品」であるということが前提となっていて、もし利用者がＡＩやＶＲを現実より良い・快いと判断するようになったらどうでしょうか？　そうなれば現実の異性をモノ扱いするどころか、他者と接点を持とうとすらしなくなるでしょう。

では、そもそもＡＩやＶＲの恋人と、現実の異性の間にある本質的な違いとは何でしょうか？　ＡＩやＶＲで代替されえない実在の人間の価値は、いったいどこにあるのでしょうか？

私は、そもそも「性」システムが何をもたらしたか、に立ち返って考えると、やはり「外乱」をもたらす、ということではないかと思います。現実の異性と直面すると、こちらの予想を遥かに裏切るということが頻繁に起きます。プレゼントを用意して会いに行ったのにひどく相手が機嫌を損ねた、とか、とても感じが良い人だと思って付き合い始めたら、冷酷で暴力的な人物だった、とか。このようなことはしばしば侵襲的で、深刻なことも多いですが、自分の欠点に気付かされたり、なんとか折り合いをつけて人格的に成長する、という(ときに感動的な)ケースもあります。生物種が外的環境の激変をきっかけに「進化」を遂げるように、個体も異性との出会いを通して「外乱」を取り込み、「成長」を遂げる、と言えるかもしれません。

「性」のシステムは、個々の人間に「成長」を、生物種には「進化」を与える一方で、「性」システムには個体を滅ぼすほどの侵襲性がつきものですから、なにもそこまでして「成長」や「進化」をしなくてもよいのではないか、「成長」や「進化」にそれほどの価値があるのか、という疑問も湧いてきます。

トルストイに『クロイツェル・ソナタ』という小説があります。色男と情熱的なベートーヴェンの名曲を演奏する妻に嫉妬し、殺害に及んだポズヌィシェフは、自分をこのような過酷な運命に追い込んだ社会制度としての結婚を「悪徳」とみなし、性の営みを憎悪します。万人がそのように結婚を拒絶し、「性」を否定してしまったら、人類は滅びるだろう? という「私」の問いかけに対し、ポズヌィシェフは「ではいったいなぜ人類は存続しつづけなければならないのか?」と絶叫します。

このポズヌィシェフの叫びは、前回のお便りで上橋さんが書いておられた、「遺伝子が生き延びていく、その目指す果てはどこ?」という問いかけと、ぴったり重なっているように思います。この問いは、トルストイの当時でさえ大反響を巻き起こし、『クロイツェル・ソナタ』は国家の存続を揺るがしかねない書物だとして、一時政府より発禁処分を受けていたこともあったそうです。もちろん、小説がひとつ出たぐらいで、人々は身近な異性との交わりを捨て去るようなことをしなかったわけですが、今世紀に入ってからのＡＩやＶＲの急速な発達は、ひょっとしたらトルストイの「絶滅プログラム」を実現してしまうかもしれません。

ここからは私の空想ですが、更に技術が進むと、ＶＲのように知覚刺激を再現するのではなく、直接脊髄や脳に電極を接続して、体験を全て電気信号に変換して入力することができるようになるかもしれません。もうこうなってくると、外界を知覚し、外界に働きかける肉体というものが、必要なくなってきます。そして脳でさえも、電子回路にコピーされて、私たちの言葉、思考、感情、欲求、行動の全てが機械の中に息づくことになるでしょう。このように書くと、脳の機械化が最後に起こるかのように思われるかもしれませんが、実際は、「The Next Rembrandt」（レンブラントの〝新作〟）プロジェクトのように（注６）、もっとも創造的で機械が真似できないと思われていた領域にこそＡＩがさきがけて進出している、という現実があります。

亡くなったお母様がｂｏｔ《ボット》でずっとつぶやいている、上橋さんの新作が二百年先も三百年先も永遠に出続ける。——そういう時代がもうそこまで来ている、と言えるかもしれません。

思いつくまま長々と書いてしまいましたが、このように考えてみると、私たちにとって「性」そして「死」は、外界そのものだ、と言えるのではないでしょうか？　私たちの輪郭を形作るもの、と言ってもいいかもしれません。「性」を失うと、外界と斬り結ぶことをしなくなり、外界との接点である肉体を失い、さらには「死」を失って、機械の中で永遠に生き続けることになります。

それでは死んでいるのと同じじゃないか、と思われるかもしれません。その通りだと思います。外界を失って永遠に生きる、とは、死んでいるのと現象的にはほぼ見分けがつかないでしょうね。前回の上橋さんのお便りで、産婆さんが〝間引き〟をする際に、「向こう側」へ押し戻す、ということを書いておられましたが、私たちが肉体を失い、実体を失うと、「向こう側」に行くというよりは、「こちら側」「向こう側」の区別が無い状態になる、というほうが適切なように私には思われます。そう考えれば、死者は「こちら側」から全く居なくなる、「世を去る」ということではない……。

私は中学・高校と、ミッションスクールに通っていたので、「永遠の生」ということについてよく神父さんからお話を聞きました。人間は一旦亡くなったように見えても、形を変えて私たちの中に生き続けている――こういうお話は、遺族に向けて慰めのためにおっしゃっているのだろう、と思っていましたが、VRやAIが進歩した今日、神父さんのお話はなにか別次元の真実味を帯びて聞こえますし、むしろ「生きている」とはどういうことか、問いを投げかけられているようにも感じられます。

また、仏教でいうところの「悉皆成仏《しっかいじょうぶつ》」という考え方は、さらに踏み込んでいます。悪人や罪人も死んだら侵襲性の無い存在になる、つまり「ほとけ様」になります。それは生きとし生けるものに、「ほとけ様」となれる性質が存在する、という考え方ですね。仏教には、生きているうちに「性」を放棄し、侵襲性を失わせる

「出家」という制度がありますが（だから敗戦の将が頭を丸めれば助命されることがあったわけですね）、世の中全ての人が本当に「出家」する、他者に対する侵襲性を放棄すると、トルストイの過激な理想が実現します。このさき人類が「性」を忌避して互いに傷つけあうことを止める、ということが本当に実現するならば、「悉皆成仏」は「人類絶滅」を大変ポジティブに言い換えた予言である、と言えるかもしれません。

　昨年も、お母様をはじめ大切な患者さんを何人も見送りました。秋口から冬にかけて、太陽が衰える時節にこの世を去られるのは何か特別の印象がのこります。それは、私にリヒャルト・シュトラウスの遺作「四つの最後の歌」の締めくくりを思い起こさせます。

O weiter, stiller Friede!
　　ああ、どこまでも続く、なんと静かな安らぎであることよ！
So tief im Abendrot.
　　夕映えが深く空を染めるほどに

Wie sind wir wandermüde—　さまようわれらの足は重くなりゆく——
Ist dies etwa der Tod?　これが「死」なのだろうか？
（原詩：Joseph von Eichendorff　訳詞：津田）

お母様は澄み切った秋空の夕陽のように、穏やかに周りを愛情で照らしてくださる方でした。地平線の下へ静かに沈んでいかれる、そのあいだに、果たして自分にはどういう終末が待っているのか、ということが頭をよぎりました。医者は患者さんの最期には、なにもして差し上げられることは無くなって、ただ立ちつくすだけ、それどころか、患者さんにたくさんのことを教えていただくだけになってしまいます。お母様からも、最後までお食事を召し上がって、生きることに前向きでありながらも、どこかご自分の運命を受け容れられているご様子に、「人生の仕舞い方」というものを学ばせていただきました。お母様を拝見できたことに本当に感謝しております。

二〇一七年の年明け、小雪の舞う大寒波の日に

注2　Medical News Today, 6 Dec 2015, "Should childbirth injuries be taken more seriously?" By Yvette Brazier
http://www.medicalnewstoday.com/articles/303537.php

注3　BBC News, 7 Dec 2016, "Caesarean births 'affecting human evolution'" By Helen Briggs
http://www.bbc.com/news/science-environment-38210837

注4　ＮＨＫスペシャル「天使か悪魔か　羽生善治　人工知能を探る」
http://www.nhk.or.jp/special/ai/

注5　ニューズウィーク日本版２０１６年６月17日付「【セックスロボット】数年以内に『初体験の相手』となるリスク、英科学者が警鐘」高森郁哉
http://www.newsweekjapan.jp/stories/world/2016/06/post-5344.php

注6　マイクロソフトとオランダの金融機関ＩＮＧグループ、レンブラント博物館、デルフト工科大学などが、十七世紀の画家レンブラントの作風をコンピューターで再現するプロジェクト。
https://www.nextrembrandt.com/

流れの中で、バタバタと

上橋菜穂子

新しい年を迎えて、もうひと月が経ちました。

今年は本当に良いお天気が続いて、暖かなお年越しでしたね。

祝い事は忌まねばならぬ身ですが、お雑煮と、少しばかりのお節《せち》を整え、施設から父を家に連れてきて、家族で穏やかな元日を過ごしました。

父が、こんなに本当のお正月ができるとは思わなかった、と、つぶやいておりましたが、良い鶏肉を煮て出汁をとり、別に茹でておいた赤みの強い京人参や蒲鉾、そして、少し焦がした焼餅を入れて、上に香りの良い三つ葉を散らすお雑煮は、母から教わったもので、父にも慣れた味だったのでしょう。

ただ、祖母（父の母）から母が受け継いだ、これぞ我が家の、と言える黒豆の煮方は、とうとう受け継がぬうちに、母に逝かれてしまいました。

母が煮た黒豆は、かちっと、しっかり硬いのです。硬いといっても、芯に硬さが残っているのではなくて、お豆の歯ごたえと香ばしさが残っている硬さでした。皮には皺がよっていて、お料理の本などを読むと、失敗例として挙げられそうな姿の黒豆でしたが、でも、母が、お鍋いっぱいに煮てくれる、香ばしくて、甘さもほどよい、その黒豆は、きりっとした爽やかさがあって、私も家族も大好きでした。今年は、お店で売っている黒豆を家族に出したのですが、艶やかで羊羹のようにねっとりしている黒豆は、やはり、私たちの口には合わず、母がもういない哀しみを、しみじみと感じさせました。

若い頃から、なんとなく、そうなるのではないかな、という気はしていたのです。黒豆を煮るのは手間がかかりますし、社会に出ると同時に父母の家を出て二十五年、ほとんど実家に帰ることもできず、年末も大晦日にようやく帰って、元日だけは父母と一緒に過ごし、慌ただしく、また、自宅に帰る、という暮らしをしておりましたから、毎年、元日にお節を食べるたびに、「お母さん、黒豆の煮方教えておいてよ」「そうだねぇ、教えなくちゃねぇ」という会話を繰り返し、結局はなにもせぬまま、時だけが過ぎてしまいました。

黒豆のことだけでなく、実は、子どもの頃から、母がいずれいなくなること、その後のことを想像することがよくありました。変な子どもですね。でも、あ、いま幸福だ、と思った瞬間、いつも、これも過ぎ去る、とどめてはおけない、という思いが胸を貫くのです。

相棒に抱きしめられるたびに、ああ、この時よ、我身に溶けて留まって、と、願わずにはいられませんでしたし。そう願うことに、何の意味もないことを知ってはいても……。

津田先生のお便りの中の、中国の青年の話を読みながら、愛している人と抱き合ったことがあるのなら、最適化された耳に心地よい言葉が、あの温もりの代わりになるものなのか聞いてみたいな、と思っていました。人肌の温もりに包まれる、あの喜びがなくとも、物足りなく感じないものなのかと。

人の温もりが、私は好きなのです。母を亡くした後、毎日、日が暮れる頃になると、もう一度母を抱きしめたい、という思いがこみあげてきて、困ります。

いつの間にか私よりずっと小さくなってしまった母は、抱きしめられるのが苦手で、抱きしめようとすると、やだぁ、と、照れ笑いをして逃げ回るので、なかなか摑まえられませんでしたが、昨年は、その背中をそっと抱きしめるたびに、「おまえにそうされると、いつも、なんだか哀しくなるんだよ」と、涙ぐんでいました。

最後まで、自分がこの世を去る日が訪れていることを、多分、意識の上に、敢えて上らせなかった母ですが、心の底ではわかっていて、私に抱きしめられるたびに——人の温もりに包まれるたびに——それが消え去っていくことの哀しみを感じていたのかもしれません。

海外旅行や家族旅行のビデオを再生すれば、そこに母がいますし、留守電を再生すれば、「なこちゃん、エリザベスのビデオ、忘れないで持ってきてね、見られるかどうかわからないけど、念のため」などと言っている母の声を聴くことができます。

でも、触れることは、もうできない。あの温もりにはもう、二度と触れられない。

技術が進んでいけば、その温もりさえも再現できるようになるのでしょうね。

それが哀しくて、ならないのです。

むかし、少年が、どうも家族も先生も友だちも生気がない、と違和感をおぼえるところから始まる諸星大二《もろほしだいじ》郎《ろう》の漫画を読んだことがあります。ネタバラシになってしまいますが、少年のその感覚は正しくて、いつの間にか家族も、近所の人たちも、すべてが機械の中で眠ることを選択し、彼のそばにいたのは、彼らそっくりの精巧な代理のロボットたちだった……という恐ろしい漫画でした。

『夢の守り人』という物語で、私も、心地よい夢に人生そのものを預けてしまう人の話を書きましたが、感情も温もりも幸せも脳の化学的な処理によって私たちが得ているものであるならば、科学技術が進歩していけば、いくらでも幸福な状態を持続させたままに保つ方法は生みだせるでしょうし、そういう未来を描いた映画や小説は、もう、たくさん生みだされていますね。

なぜなのでしょう、それを、良し、と思えないのは。

私は昔から、地球は、やがて塵《ちり》になるだけ、と思って生きてきましたし、津田先生も書いておられたように、進化の果てに目的があるとも思えません。とすれば、仮想現実を現実とする究極の装置を生みだして、生と死の意味のない永遠を生みだすことに、諸条件の問題はあっても、その行為そのものには良し悪しはないだろう、と思うのです。

それでもなお、なぜか、それがとても嫌なものに思える。――つまり、生きること、死ぬことに、私の心の中には、もうすでに、なんらかの「こうあって欲しいモデル」があって、それにそぐわないから、嫌だ、と感じているのでしょう。我儘なのでしょうかね、私は。諸行無常を哀しみながら、生と死の境のない永遠は、それよりもっと恐ろしい、嫌だ、と感じるのですから。

中学生のときに、手塚治虫《てづかおさむ》の『火の鳥』で、火の鳥の血を舐めてしまったために、死ぬことができなくなってしまった少年の話を読み、死ねなくなるのは、死ぬより恐ろしい、と思いましたが、命の盛りにある十代でもそう感じるということは、私たちの心の中には、死を恐れながら、一方で、永遠も恐れる気持ちが予《あらかじ》め備わっているのかもしれませんね。

いずれにせよ、限られた時間と空間の中で、この私の意識においては、ただ一回の人生を過ごす。そう思ったときに感じる、かなり投げやりで、でも、どこか爽やかな心地を、心の芯に置いておきたいものです。

津田先生のお便りを読みながら、もうひとつ、強く心に響いたのは、他者との関わりのことでした。

生命は外乱に対応するために、「性」という激しく乱数を発生させるシステムを生みだした、と、先生が書いておられましたが、マット・リドレーが、有性生殖についていて、リー・ヴァン・ヴェーレンの赤の女王仮説を考察に用いながらまとめた

『赤の女王』を読んだとき、私は、なんだか、ため息をつきたくなったのです。

種・個体・遺伝子が生き残るためには進化し続けねばならないことを、ルイス・キャロルの『鏡の国のアリス』の登場人物、赤の女王の名セリフ「その場にとどまるためには、全力で走り続けなければならない」に擬《なぞら》えた赤の女王仮説。津田先生がおっしゃるように、生命は常に、激しい「外乱」にさらされていて、他者の変化に対応して自らを変え続けなければ、無窮の闇に沈んで消え去ってしまう。

生物は他者との戦いを余儀なくされていて、短い寿命と引き換えに素早く進化する細菌やウィルス、寄生虫などに負けぬよう、激しく乱数を発生させる「性」のシステムで対抗してきたということですが、駆け足が苦手な私は、その仮説をイメージするだけで、ゼーゼー息切れしてしまいます。

もう二十年近く前のことですが、当時勤めていた女子栄養大学に、教職員用のフィットネス・ルームができて、ランニングマシーンが完備され、大喜びしたことがありました。

なにしろ万年運動不足ですから、健康のためにも、ダイエットのためにも、職場で走ることが出来るのはありがたい！　とばかりに、勇んでランニングマシーンを

使い始めたのですが、ある日、タッタ、タッタと気分よく走っているとき、

「先生！」

と、背後から学生に声をかけられて、

「はいよ？」

と、ふり返ったとたん、バランスを崩して転倒し、ベルトコンベアーに乗せられたマグロのように、あれよあれよという間に床まで流され、うつ伏せのまま、しばらく茫然としておりました。

ちなみに、声をかけた学生も、周囲におられた先生方も、腹を抱えて笑い転げていて、助けてくださいませんでした。

脂肪たっぷりの体形のお陰か、顎とおでこをちょっと擦りむいたくらいで、幸い大きな怪我はなかったのですが、眼鏡がひょごひょご、無限大記号っぽくなってしまい、お店にいって直してもらわねばならず、わずかなことで、えらい目にあった、と、げんなりしたものです。

とんだ「外敵」にやられたわけですが、赤の女王仮説、と聞くたびに、私は、ドテッとベルトの上にうつ伏せになって、床まで流された気分を思い出します。

変わり続ける環境と、変わらねば生き残れない生命。

運動神経が悪くて、怠け者で、あきらめが早い私なぞは、適者生存・弱肉強食のこの世界では、オタオタしている間に、変化の流れに乗れずに、あ〜れ〜、と、情けない声をあげながら流されて行ってしまうのだろうなぁ、と思っていたのですが、最近、池田《いけだ》清彦《きよひこ》著『不思議な生き物 生命38億年の歴史と謎』という本の中の「社会ダーウィニズムの正体」という部分を読んで、ちょっと気分が上向きになりました。

湖の中にいるミジンコやワムシは、大型で競争に強い種ほど農薬に弱いので、農薬を撒くと、今まで強かった種がだめになり、弱かった種が繁殖し、結果的に生態系の種編成が変わるという、花里《はなざと》孝幸《たかゆき》先生が『自然はそんなにヤワじゃない』の中で書いておられた事例を挙げながら、池田先生が、

競争力に資源を使えばストレスから身を守ることが難しくなり、ストレスに強くなれば、競争力は弱くなるというわけだ。つまり、生物はすべてにおいて常に強いということはないのである。（一四九頁）

と、書いておられて、なるほどなぁ、と思ったのです。

もともとダーウィン自身は「弱肉強食」などとは言ってはいないこと、社会ダーウィニズムの恐ろしさは、先住民研究をしてきたので、身に染みてよくわかっているのですが、池田先生のこの本は、生物の世界においても、生物の在り方は、もっと複雑なものであることを教えてくれました。

適者のみが生存に有利であれば、その種ばかりが大繁殖し続けるはずですが、それでは種の多様性は生まれない。種の多様性が見せてくれるのは、競争したり、しなかったり、殺し合ったり共存したりして生きている、生命の、一筋縄ではいかない在り方なのでしょう。

ともかくも、生物はみな、他者と暮らさざるを得ない。

津田先生がお便りの中で書いておられたように、外乱があるために必要であった「性」は、一方で、常に自分以外の他者との交わりを必要とする、「外乱」を生みだすものでもあり、それは生命を存続させるものでありながら、時に、とても痛い、侵襲性も伴うので、人は様々、工夫を凝らして、その痛みから逃れようとしてきたのでしょう。

その工夫について思いを巡らしたとき、ふっと、長年付き合ってきたオーストラリア先住民のことが頭に浮かびました。

狩猟採集民の社会で行われている獲物の分配方法は、オーストラリア狩猟採集民型と、非オーストラリア狩猟採集民型の二つのタイプに分けられる、という説があります。

詳細は省きますが、非オーストラリア狩猟採集民型の食物分配というのは、イヌイットやサンなどが行っている方法で、獲物を獲った狩人自身が獲物を分配していきます。

それに対して、オーストラリア型では、獲物を獲った狩人以外の人によって、獲物の分配がなされていくのです（オーストラリアの先住民にも多様性はありますし、現在は、文化変容、社会変容に伴って様々な変化がありますから、この話を過度に一般化せずに読んでくださいね）。狩人は、獲物を自らの所有物とすることを許されず、別の人がそれを分配していくわけです。

ちなみに、獲物の分配を受け取るのは、その狩人の姻族や義理の父、義理の兄弟で、その次が狩人の兄弟になる、という分け方がなされる地域があるのです。

なぜ、そんなことをするのか。テスタールという人類学者は、それを、社会構造との関わりで理解しようと試みました。

オーストラリア先住民の中では、社会（だけでなく、森羅万象にも及ぶことがあるのですが）を二つに分けたり、四つに分けたり、八つに分けたりすることがあります。

私も、西部沙漠地域で、ガリマラ、ボロンゴ、ミランガ、バナカという四つのセクションに分かれている伝統言語集団の人々と暮らしたことがありますが、彼らはこの四つをスキングループと呼んでいました。

「この四つは、肌の色が違うように、違うのよ」

と、ある女性が、自分の腕をさすりながら一生懸命説明してくれたのですが、私から見て、四つのスキングループの人たちの肌の色が違うなどということはなく、

「はあ、そうなのですね」

と、うなずきながら、わかったふりをしたものです。

親族《キンシップ》王国の怪物、と言われることもあるアボリジニ社会。算数が苦手な私は、

丁寧に説明してもらっても、混乱しまくり、四苦八苦しつつ調査をしていたのですが、この四つをA、B、C、Dに分けて簡単に説明すると、Aに属している男が結婚できるのはBに属している女性で、Aが父、Bが母なら、生まれた子どもたちはみな、Cに属します。Aが母で、Bが父なら、子どもたちはDに属します。

A・Bグループと、C・Dグループという二つの括りもあって、例えば、A・Bグループのメンバーの葬儀をC・Dグループが司ることはありません。

つまり、子どもたちは、親の葬儀の儀礼をおこなわないのです。しかし、祖父母の世代と孫の世代は同じグループになりますから、孫たちが祖父母の葬儀を司ることになります。

なんで、こんな面倒臭いことを！　と、思われるでしょう。私も、そう思いました。でも、このセクション区分は、彼らにとっては、暮らしの隅々にまで関わる大切なことでした。

自分が属する半族の女性とは結婚せず、自分が獲った獲物は自分の食物として消費しない。性も食物も、消費するのは自らが属していない、相互補完的な関係にある半族の成員である——このことを、テスタールは「もっとも近いものとの断絶、もっとも遠いものとの結合」であると表現しました。

私が仲良くつきあったアボリジニたち――地方の小都市や、小さな田舎町に暮らしているアボリジニは、街で仕事をしており、狩猟採集で生活をしていたわけではありませんが、それでも、近い親族との婚姻や性的な関係は、猛烈に忌避していました。

彼らはまた、「シェアリング＆ケアリング」をとても大切にし、事あるごとに、分かち合い、世話をしあうのが私たちの生き方なのだ、と、言っていました。

その精神のお陰で、一生懸命働いている有能な女性のところに、老人などがくっついて、食べさせてもらっていたりして、なんだかなぁ、と、思うこともありましたし、現代のオーストラリアの白人社会でバリバリ働き、自由恋愛を楽しんでいるアボリジニたちからは、古い価値観が、自分たちを縛っていて息苦しい、困る、という本音を聞くこともありました。

それでも、彼女らは何百人もの親族の網の目の中で、いまも、日々の暮らしを営んでいるのです。

自分と、自分にとって身近な者たちの幸せを、まず願う〇〇ファースト、という言葉を、最近、よく耳にするようになりましたが、「もっとも近いものとの断絶、もっとも遠いものとの結合」という工夫をして、性や財を巡らせていき、多数の人々を巧妙に、関係性の網の目の中に繋ぎとめるという生き方を、長く行ってきた人々もいる。

自らを強大にして競争力を増し、他者を潰して生き残るか、自分ひとりが大きくなるよりも、集団のバランスを保つことで生き残るか。

「生物はすべてにおいて常に強いということはない」のだとすれば、どちらが正解ということはなくて、視野を広くもち、変化を厭《いと》わず、その時々の環境に柔軟に対応していくしかないのかもしれませんね。

あれ？　そうすると、やはり、赤の女王に、話が戻ってくるような。のろまで怠け者の私には、ちとマズイ結論になったところで、今回のお便りを閉じることにします。

明日はもう、立春ですね。

立春大吉！　良い年になりますように！

かしこ

日常を再発見する

津田篤太郎

三寒四温、という時期になって参りました。

暖かい季節が待ち遠しい反面、あのツンとした、清冽な冷たい空気と別れるのが惜しいような気もします……。

毎年この時期になると、聴きたくなる音楽があります。北欧フィンランドの大作曲家、ジャン・シベリウス（一八六五〜一九五七）の交響曲第二番です。

西欧のクラシック音楽において、交響曲というジャンルは、ベートーヴェンの「運命」があまりに大成功してしまったために、その後に出てきた作曲家は交響曲に取り組む際に「苦悩を通じての歓喜 Durch Leiden Freude」、ハッピーエンドで締めくくる、ということを強く意識せざるを得なくなりました。

終生うつ病に悩まされていたシベリウスにとって、「歓喜」やハッピーエンドは、そうやすやすと描けるものではなかったと思います。交響曲のフィナーレ、最終楽章では、ヴィオラ・チェロ・コントラバスの低音を担当する弦楽器が、音階練習のようなパッセージをずっと、百回以上も繰り返します。フィンランドの森に、日が上らない極夜の間、厚く厚く降り積もった雪が、わずかに陽気を帯びた土壌の熱により、底の方から少しずつ少しずつ溶けて、雪解け水のしずくが、小さな流れとなり、やがて大地を潤し木々の芽吹きをもたらす——そんな、長い長いゆっくりとした春の訪れを、いつまでも忍耐強く繰り返す楽句で表現しているかのようです。

私が尊敬する精神科医の中井久夫《なかいひさお》先生は、うつ病の患者さんの回復期に「三寒四温」を例えに養生の注意を説明なさるそうです。少し良くなったように見えても、また「寒さ」がぶり返すから無理しないこと。悪くなったように思えても、またすぐに「暖かさ」が戻るからがっかりしすぎないように。全体的には「三日寒く四日温かい」、暖かい日が増えていくわけだから希望を持って……という意味なのですが、早春は自殺が増えるシーズンでもあり、うつ病をたくさん診ている先生方にとっては大変気を遣う時期です。

この交響曲がシベリウスの代表作になった背景には、当時盛り上がっていたフィンランドの独立運動がありました。十九世紀の初頭にフィンランドを併合したロシアは、その後圧政を強め、一八九九年ロシア皇帝ニコライ二世はそれまで緩やかに認めていた自治権を停止し、緊張は頂点に達します。

シベリウスが描いた、忍耐に忍耐を重ねた末のハッピーエンドは、聴衆には「独立」へのメッセージとして受けとめられたにちがいありません。いまからちょうど百年前の一九一七年、ロシア革命が勃発したのを契機に独立を宣言しますが、その後もナチスドイツとソビエト連邦から脅かされ、苦難の歴史は続くことになります。シベリウスも一九二四年に最後の交響曲を書いたきり、九十一歳で没するまで長い晩年をヘルシンキ郊外の湖畔の邸宅「アイノラ」で沈黙のうちに過ごしました（注7）。

さて、昨年秋にある編集者に誘われて、「ダイアログ・イン・ザ・ダーク」という催しものに参加しました。純度百％という漆黒の闇のなか、視覚障碍者のガイドさんにいざなわれ、白杖を手に〝散歩〟を試み、ベンチに座って耳を澄ませ、手探りで喫茶と談笑を楽しむという九十分の催しものです。

頼りは触覚だけ、暗闇で手を伸ばし壁や手すりの存在を確かめ、足の裏や杖の感触で床の形状を知るわけですが、当然のことながら視覚に比べると〝視野〟の拡がりは極めて限られ、いま居る空間の全体像を推し量ることすらままならないありさまです。心細さのあまり、自然と同行者やガイドさんの背中や腕などに触れ、声を掛け合いながらゆっくりと歩みを進めていきます。

それで視野を失った不安はやや和らぐのですが、群れになって動くことは「正しさ」を担保しません。全員で袋小路につっこんだり、溝に足を取られたり、の繰り返しです。そんな中にあって、ガイドさんの案内はいつも的確です。もちろん施設側のスタッフで、散歩コースのことを知悉《ちしつ》しているとはいえ、視覚の無い状態でいかに空間感覚を形成するか、という点での巧みさが感じられるアドバイスでした。暗闇の中では完全にわれわれ晴眼者の方が「障碍者」で、いかに視覚以外の感覚が衰えているかを思い知らされました。

特に触覚です。脈の診断でたいていの体の不調を診断していた、昔の名医の治療録をひもとくと、驚くようなことが書かれています。十四代将軍、徳川家茂《とくがわいえもち》を診察したこともある江戸の名医、尾台榕堂《おだいようどう》は、あるとき、月経が三、四か月止まっているという若い女性の診察を依頼され、脈を診た途端、妊娠を直感します。彼は養父母にその事実を伝えますが、患者は他家から預かっている娘さんで、いずれ良家の子弟との縁談をまとめる予定でしたから、「そんなことがあるはずはない、あってたまるか！」と認めようとしません。しかし、数か月経過し、次第に娘のお腹が大きくなるにつれ、榕堂先生の診断を信じざるを得なくなりました。

私は妊娠検査薬もなかった時代に、脈の診断だけで、このような重大な告知を行う医師がかつていたことにショックを受けました。しかも、榕堂先生は二十六歳の時に一度妊娠の診断に失敗したきり、その後四十年以上にわたって一度も外したことが無い、というのです。

それから一世紀半あまり経過した現代、CTやMRI、超音波などを含め、ヒトのからだの中身（江戸時代は〝内景〟と呼ばれました）を調べる検査法は桁違いに進歩しましたが、われわれの〝触覚〟は訓練される機会を失い、鈍くなる一方です。

もっとも、〝触覚〟には個人差があり、最初から天才的な指先の持ち主もいれば、何年修行を積んでもなかなか上達しないひともいます。そういう個人差をなくし、医療の質をより均質なものにするため、視覚化・数量化・客観化させていった歴史が、医学の「近代modern」であったように思います。いみじくも、私の勤めている病院の院長が、全医師を前にして「医療から名人芸を追放する」と抱負を語ったことがありましたが、これこそ正しく「近代主義者《モダニスト》」の言です。

そして昨年夏、名人芸を追放する動きの行きつく先を象徴する出来事を耳にしました。ワトソンという名の人工知能《AI》が、人間には不可能だった病気の診断をやってのけたのだそうです(注8)。

二千万件もの医学論文を読みこんだAIが、人間の医師が診断できなかったタイプの白血病を見破り、治療方針に正しいアドバイスを与え、患者さんが良くなって退院した、というのです。

従来、診断に迷うようなケースでは、その領域に経験の深い医師や、研究を積み重ねている専門家に相談して助言を仰ぎます。そういうスペシャリストの謦咳《けいがい》に接するたびに「あの先生は何でも知っているな、何を聞いても答えてくれるな」「どうしたらあんなに学識が深くなれるのだろうか?」「怠惰な自分には、あんなに学究を極めることはできないな……」と嘆息してばかりです。

なぜ専門家になることが難しいかというと、膨大な量の文献を読みこみ、経験と照らし合わせて得られた知識を評価し、整理するという作業は骨が折れ、常人にはなかなかできないことだからです。ところが、ワトソンはあっさりそれをやってのけました。AIは、常人がやりにくいこと、常人がストレスを感じることを機械がやってくれないかな、という期待を背負って開発されたのではないかと推察します。そう考えれば、AIが専門家をあっさり超えたというのは、ある意味当然の帰結と言えるかもしれません。

ところが、万能に見えるAIにも落とし穴があるようです。AIの研究者、新井《あらい》紀子《のりこ》教授によると、「推論」「イメージ」「具体例」といった領域において、ヒトならそれほど苦労せずこなせる課題が、AIにはさっぱり解けない、というのです（注9）。

これもまた、AI開発のそもそもの目的を考えると当たり前の事かもしれません。AIはヒトにとっては難しいこと、骨が折れることを代わりに難なくやってくれるから、衆目を集めるニュースにもなるし、そういう研究にこそ資本や人手が投下さ

【問題1】

例題

下記の文の内容を表す図として適当なものをすべて選びなさい。

四角形の中に黒でぬりつぶされた円がある。

1　2　3　4

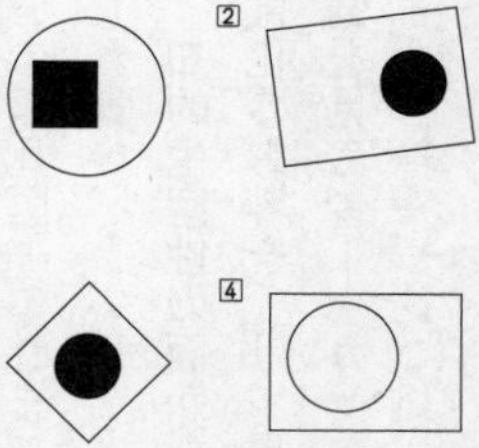

【問題2】

例題

以下の文を読みなさい。

白玉6個、赤玉3個が入っている袋から玉を同時に4個取り出した。

上の文にあてはまるものを選択肢の中からすべて選びなさい。

1　取り出したのは白玉3個であった。

2　取り出したのは白玉4個であった。

3　取り出したのは赤玉4個であった。

4　取り出したのは赤玉1個と白玉3個であった。

国立情報学研究所 社会共有知研究センター「Reading Skill Test」より

れます。なぜ、その作業がヒトにとって難しく、ストレスなのか？ どうすれば機械化可能なのか？ ということについて集約的に研究が進められます。

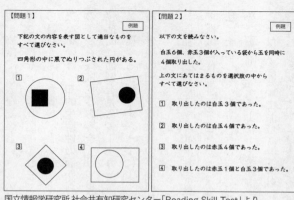

一方で、上図に掲げた問題のように、常人が難なくやってのけられること、ストレスをたいして感じないことにわざわざ研究のリソースは割かれないでしょう。なぜ、「推論」「イメージ」「具体例」においてAIができないことを人間が簡単にやってのけられるのか……AI出現以前には、これらの問いを立てることすら考えにくく、AIとの比較で初めて浮かび上がってきた問題点であると言えます。

なにが言いたいのか、をまとめますと、AIが本格的に臨床応用されると、いわゆる名医・高度で膨大な知識というもののほうからAIに代替されて、最後までAIに代替され得ないのは凡医・これまで「誰でもできる」とされていたファーストエイドのほうかもしれない、ということです。それまでアカデミズムの文脈などで上位の扱いを受け、知的生産性の面から「余人をもって代えがたい」と評価されていたものが最も機械化の影響を受け、専門性は低いけれども実際に病む人のそばにあって、包括的に面倒を見る者――カッコつけた言い方をすればヒューマンインターフェイスに属する領域――がAIによって最も代替されにくいのだとすれば、世の中の予算・資源の配分や、教育の優先順位に大逆転が起こってくる可能性があります。

上橋さんが前回のお便りでお書きになった、「人肌の温もり」は、技術が進歩して機械に代替されることがあったとしても、〝最後の領域〟になるのではないかと私は予想しています。そして、上橋さんに抱きしめられたお母様が涙ぐむ心の動きを、「推論」「イメージ」「具体例」の理解に大きな難を抱えるAIは、受けとめることはできないでしょう。それは技術面での未熟さということではなく、AIが「滅び」を知らない、AIは死なない、というところからくる原理的な断絶である

ころ、あなたは死なない人間にしか見えない行動をとっていた、と私は考えます。わたしもあなたも死んでしまう、いつか別れがくる、というところに涙の意味があり、一方、あるいは双方が「不死」の存在であればこのような心のやりとり、一種のドラマというべきものは生まれないし、意味を持たないでしょう。

ここで、あらためて人間とAIを分けるもの、機械によって代替されない人間の特質はどこにあるか、を考えると、それは、「人間は死ぬ」ということ。滅びる、その脆弱性《ぜいじやく》にあると言えそうです。そうなると「人間扱いをする」という言葉は、相手を「滅びうるもの」として扱う、死んでしまわないように大切に扱う、という意味を帯びることになります。よく医療現場で「人間扱いをしてもらえなかった」という苦情を耳にしますが、それは「患者が死んでしまうかもしれない」という危機感の欠如とともに、医療者側の「いつかは自分も死ぬ」という意識の欠如からくるものもあると思います。

がんなど、いわゆる「不治の病」を告知するときは特に後者が問題になります。「あなたは二年で死ぬ」と言われて、ショックを受けない人はいないでしょうが、「人間扱いをされなかった」という苦情に結び付くケースは、「あなたがいつ死のうと、我々には関係ありません」という態度を医療者がとった時ではないでしょうか。私は、重大な病を告知するときは、「あなたは二年くらいで死ぬかもしれませんが、私もいつかは死ぬんです。ひょっとしたら私の方が早いかもしれません。だから、あなたはひとりではありません……」ということを、はっきり言葉にしては出さなくても、心の中で念じながら説明するようにしています。

こういった事柄は、血管や神経が絡まり合った脳の深部にある腫瘍を摘出する手術に比べれば、誰にもできる簡単なことで、大したことに見えないかもしれません。しかし、「大したことではない」ことの積み重ねが、大きな違いを生む例を私は知っています。フランス人の体育教師、イヴ・ジネストとロゼット・マレスコッティは、独創的な看護法を発明しました。その看護法とは、患者さんの部屋に入るときは必ず三回に分けてノックする、そして必ず挨拶をする、患者さんの視線を捕まえるようにして言葉をかける、触れる時は手のひら全体で、摑むのではなく支えるようにして触れる……といった細々とした、しかし誰でもその気になればできるような簡単なことで構成されています。

この看護法を実際の病棟で指導した時、看護師からは「重度の認知症なので部屋をノックしても意味がない」「話しかけても反応しない人なので挨拶してもしようがない」などの反発があったそうですが、この看護法を忠実に実行すると、それまでせん妄がひどくて手が付けられなかった患者さんが素直ににこやかに介助に協力するようになったり、リハビリに無気力で寝たきりだった患者さんが歩くようになったり、驚くべき変化をみせ、看護師も納得して実行するようになったそうです。ジネストとマレスコッティの発明した看護法は「ユマニチュードHumanitude」と名付けられています。まさに「人間らしく」「人間扱いをする」という意味です。私たちは、重度の認知症や寝たきりの患者さんを目の前にすると、つい自分たちと同じ人間であることを忘れがちになります。病院や施設で、患者さんの感情よりも効率を優先した形で下着の交換や入浴などの介助が行われ、その「乱暴な」扱いにユマニチュードの発明者は胸を痛めていたそうです。それで、どのようにすれば「人間らしい」扱いとなるのか、「人間らしく扱うこと」がいかに重要なのか、についての思索を深められたそうです。

上橋さんが書いておられたアボリジニの複雑な家族制度については、異なるグループ間で女性が行き来することにより巧妙に各グループの構成員が絶えることを防ぐシステムになっており、そのルールの妥当性を証明するために二十世紀の最先端のブルバキ派数学の知識が必要であった、という話もあるそうですが、上橋さんのお手紙を読んで、そういうテクニカルな要素だけではなく、家族のケアには必ず他人の目線が必要だということ、アボリジニはそういう哲学をも家族制度に織り込んでいたのではないか、という気がしてきました。

とかく、「血がつながっているから、愛情があるから、大切に面倒を見るのは当たり前」「看護師だから、介護士だから、上手にケアが出来て当たり前」と現代のわれわれは考えがちですが、果たしてそうでしょうか。

ユマニチュードが成功したのは、医療や介護の現場に、体育教師という「他人」が入り込んだからかもしれません。そして、現場で「当たり前」に行われていたことをもう一度見直し、その意味を問うたわけです。

本当に患者さんはノックの音が聞こえていないのか？　本当に患者さんは突然下着を脱がされても何も思わないのか？　いきなり腕を摑まれても何の感情も持たないのか？　こうした「当たり前」の数々は、「他人」の目線が入らないと、しばしばそのままにされ、思考停止に陥りがちです。「当たり前」を問い直すことにより、私たちは、ノックすることの意味、挨拶することの意味、「触れ方」の大切さをもう一度考えてみる必要があることに気づかされるのです。

これは「日常」を再発見する、と言ってもいいかもしれません。ＡＩが私たちの生活に入り込み始めて、従来までとは違う社会進化に巻きこまれている今こそ、この「日常の再発見」は重要な意味を持ってくるように思われます。上橋さんは先の書簡で「赤の女王仮説」、すなわち環境の変化に適応するためには、走り続けなければならない、という進化のお話を引かれましたが、時代を先取りし、真っ先に適応しようと走りに走った末、この二十一世紀に辿りついたのが、何の変哲もない「日常」であり、アボリジニも何千年も前から知っていたことだった、ということかもしれませんね。

「赤の女王」が疾走する歴史の競技場は、一直線のコースではなく、巨大な楕円形のトラックだった――そんなことを想像するのは、私のように伝統医学を舵《かじ》っている者にとっては愉快なことです。伝統医学が近代医学を追いかけるのではなく、伝統医学の方こそが近代医学の前を走っている、ということになりますからね。

季節は寒くなったり暖かくなったりを繰り返しながら前に進んでいきます。気温のアップダウンが激しい折ですから、上橋さんにはお体の調子を崩されませんよう、お気をつけください。

二月十八日『鹿の王』書店対談の当日に

注7　フィンランド政府観光局公式ホームページ
http://www.visitfinland.com/ja/kiji/sibelius-no-finland/

注8　日本経済新聞Ｗｅｂ版２０１６年８月４日付「ＡＩ、がん治療法助言　白血病のタイプ見抜く」
http://www.nikkei.com/article/DGXLZO05697850U6A800C1000000/

注9　ヤフーニュース２０１６年11月14日付「ＡＩ研究者が問う　ロボットは文章を読めないでは子どもたちは『読めて』いるのか？」湯浅誠
https://news.yahoo.co.jp/byline/yuasamakoto/20161114-00064079/

春の日の黄昏に

上橋菜穂子

春まだ浅い三月の夜明けは、冷えますすね。

関東南部ですから、冷えるといっても、冬のそれよりは余程やさしく、まろやかですが、それでも、まだ暗いうちに、ふと目覚めると、掛け布団を顎のあたりまで引き寄せて、包《くる》まり直すのが常でした。

ところが、今年は暑くて目が覚めます。暑い、というのは言い過ぎですが、でも、思わず掛け布団を剝いでしまい、その上に足を乗せると気持ち良くて、ふうっとため息をつく、というのを、このところ、毎朝やっております。

それを人に話すと、え？　そんなに暖かいですか、今年？　そんな気はしないけれど、と、言われてしまうのですが、たしかに天気予報を見ていると、外気温はきっと、いつもの年と同じか、それ以下のようですね。

ただ、昨年から暮らし始めた新居を、全館空調にしたお陰で、私はこの冬、家の中にいて一度も寒いと思ったことがありませんでした。

老親の介護のために寝起きしていた実家は築四十数年で、冬は「ここはアラスカっすか？」と思うほど猛烈に寒くて、長年マンションで暮らしていた私にとっては、一昨年の冬は試練の冬でしたが、風呂場やトイレでのヒートショックを心配して建ててあげた新居は、なにしろとても暖かくて、真冬でもポロシャツ一枚で暮らすことができたのです。

老親を暖かく暮らさせてあげたくて、清水の舞台から飛び降りる（それも、一回どころか、何回も）気持ちで、えいやっ！　と、建てた家に、しかし、老親たちは、ほとんど暮らしてくれませんでした。

母は、それでも一週間ほど暮らし、「この家は暖かいねぇ」と喜んでくれましたが、父はとうとう、一度もここで夜を過ごすこともなく施設に入ることになりました。

老親を喜ばせようと、あれやこれやした工夫を家の中で見るたびに、胸の底にひんやりとした哀しみが流れます。ああ、遅すぎた。もう少し早く、この家を建ててあげられていたら、と、思わずにはいられません。

大学生の頃、風樹之嘆《ふうじゅのたん》という言葉を知りました。

樹静かならんと欲すれども風止まず、
子養わんと欲すれども親待たざるなり

いずれ親と別れる日が来るとしても、風樹の嘆きだけはすまい、と思って、海外旅行が何よりも好きだった母を毎年どこかに連れて行きましたし、この年まで生きてくれたお陰で、国際アンデルセン賞を受賞する姿を見せてあげることもできました。

母を看取った病室で、弟が涙を浮かべながら、「おまえは見ていないけれど、メキシコの授賞式の映像をインターネットで見せてやってたから、おれは、母ちゃんがどんな顔で喜んでいたか知ってる」と、言ってくれて、それはもう、本当に大きな救いではありましたが、それでもなお、後悔する、この哀しい気もちから逃れることはできないようです。

津田先生のお便りの中で、中井久夫先生のお言葉を読み、素晴らしい、と胸を打たれながら、同時に母の最期を思い出しておりました。

うつ病の回復期にある患者さんに、三寒四温——良くなった、と思ったら、また、つらい気もちがぶり返すこともある、それでも、全体的には暖かい日へ、回復していく日へ向かっているのだから、希望を持って、というこの言葉、うつ病を患っている方以外にも当てはまることはありそう、と思いながら読み進め、その後の、早春に自殺者が多い、というところを読んだとき、これまでは、そういう話を聞くたびに思っていたこととは、まったく違うことが、ふと、頭に浮かんできたのでした。

早春は、年度末やライフイベントの転換期にあたるから、とか、「木の芽どき」は心身に影響を与えやすい時期だから、などの理由を聞くたびに、むしろ、明るく花が咲き、希望が見える季節は、自らの不幸が際立って感じられるのだろう、などと思いながらも、これまでは、早春に、ふっと訪れるという、命を手放してしまう感覚が、私には、あまり実感できずにおりました。

でも、今回は、それとはまったく違う感覚が心に浮かんだのです。

母は、本当に最後まで、比較的元気に生きてくれましたが、最後の数時間はかわいそうでした。息苦しさだけでなく、全身の、いわゆる「身の置き所のない」苦しみを感じていたようでした。

それが、緩和ケアで通常用いられる量より少ない量のモルヒネを入れて、しばらくすると、呼吸が穏やかになり、表情も安らかになり、深く眠ったような状態になって、そのまま目覚めることなく、丸一日、すうすうと眠って、旅立っていきました。

母の死後、主治医が、「苦しかったところにモルヒネが入って楽になって、温かいお風呂につかったときのように、ふっと緊張がとけたのかもしれません」と、おっしゃった、その言葉が、いまも心に残っているのですが、冬のつらさや苦しみを、ぎゅっと身体を丸めて、やり過ごし、必死に生き延びてきた人、ああつらい、もうだめだ、と思いながら、それでも頑張って生き延びてきた人にとって、春の温もりで心がほどけたとき、思わず、すっと命を手放してしまうことがあるのかもしれない。そんな気がしたのです。

命を終えると、その人の姿は、もはや変化することのない、確固たる鮮やかな輪郭を得て、完結してしまいます。その姿を見ながら、残されたものは様々思うしかありません。

もっと早く緩和ケアを入れてあげていれば、母をまったく苦しませずに逝かせることもできたのではないか。たった数時間でも、苦しませてしまったことは、私にとっては決して忘れることのできない悔いですが、その時点では、こういう最後が来ると見通すことのできない、未来を見ることのできない身には、悔いなく生きることは決してできないのでしょう。

人は、予め人生の結末を知ることはできません。

野球は筋書きがないドラマだ、という名文句がありますが、なんの、筋書きがないのは人生そのもので、しかし、人は、ハッピーエンドにならない物語には、どこか納得がいかないものですし、ましてや自分の人生ともなれば、その結末を自らの思うようにつくれない、というのは、なんともやるせないものです。

物語をつくる、といえば、先日、津田先生にお付き合いいただいたジュンク堂書店での「作家書店」のイベント、三月には、日頃から仲の良い作家仲間である、荻《おぎ》原規子《わらのりこ》さん、佐藤多佳子《さとうたかこ》さんと三人で鼎談《ていだん》をしました。

そのとき、三人とも、自分がどうやって物語を書いているのかわからないところがある、という「作家あるある」のお話で盛り上がったのです。

もちろん、みな何十年も作家をやっていますから、テクニックで書ける部分はあるのです。でも、読み直してみたとき、「いったい、誰が書いたのだろう、これ?」と思うところがある、という話でした。

これは本当によく起こることで、ゲラになった原稿を読んでいると、自分が書いたという実感がない、というか、自分がこれを書いたとは信じられない、というところが必ずあるのです。

確かに自分が書いたのに、自分ではない誰かが書いたものを読んでいるような気がするという、とても不思議な感覚です。

靴屋の小人の物語ではありませんが、妖精かなにかが自分の頭に入り込んで書かせたんじゃないか、と思うほど、そのときの自分の思考の動きが「遠く」感じられるのです。

そして、大概、そう感じられる箇所が、物語を「生かして」います。

自分の思考によって完全にコントロールされている物体、という感じが消え去って、物語自体が、私とは別の命をもった何かになって、歩きはじめているのを見るのです。

自分が書いている物語ほどわからないものはありません。他者が書いたものは、わかる。ああ、こういう感じがあって、こう書いたのだろうな、と。しかし、自分が書いているものの姿は霧の中にうごめいているように判然としないのです。

ただ、書き続けていると、あるときふっと、次の場面が見えてくる。次の場面どころか、その向こうまで、ぼうっと一筋の道のように見えてくる瞬間があって、それが来ると、あ、書ける！　と、思うのです。

インタビューなどで、こういう話をすると、「上橋先生は巫女《みこ》タイプなんですね。物語が降りてくるなんて」と、言われ、その度に、なんとも言えぬ違和感を覚えてきました。でも、そうではない、こうやっているのです、とは説明できないので、もどかしかったのですが、最近、あ、これかもしれない！と思う記述に出会いました。

池谷裕二《いけがやゆうじ》さんの『単純な脳、複雑な「私」』という本に書かれていた「直感」についての話です。

この本で初めて知ったのですが、「ひらめき」と「直感」は違うのだそうですね。同じように、いきなり頭に浮かぶ発想ではありますが、「ひらめき」は、「なぜ、そういう発想が生まれたのですか？」と、問われると、理路整然と説明できるけれど、

「直感」は、どうしてそういう発想が頭に浮かんできたのか説明できない。説明できないけれど、意外なほど、その発想あるいは判断は正確なのだそうです。

この「直感」について、池谷さんは、印象的な例を挙げて説明しておられます。あるとき、将棋のプロ棋士の方が、池谷さんに、こうおっしゃったのだそうです。

「将棋を指しているとき、先の展開を丁寧に読みながら指しています。ただ試合の序盤と終盤はいいけれども、中盤はむずかしい。中盤は可能な手の数が多すぎる」ただ、そういうときでも、なぜか、次の一手はこう指したら勝てる、と感じるらしい。なぜそう感じるのか、本人にもわからない。しかし、「次の一手はこれしかないという確信が生まれるのです。理由はわからないけれど、それに従っていくと勝てるのだ」と。

これは、私が物語を書いているときの感覚に、とても似ています。

将棋と違うのは最初の発想(つまり序盤)は、もっとオリジナルなもので、そこが頭に浮かんでこないとスタートできないのですが、終盤は、これしかない道筋がどんどん見えてくるものです。

しかし、中盤は、あの不思議な感覚が訪れない限り進んでいくことができない。頭に宿った物語が、自分の足で立って歩きだす、その力を与えられるのが中盤なのですが、ここで、なぜだかわからないけれど、次の一手は間違いなくこれだ、という感覚が来ると、命が宿るのです。

池谷さんによれば、こういう「直感」は、脳の基底核という場所の活動で生じているそうです。津田先生は先刻ご承知のことだと思いますが、この基底核、「手続き記憶」の機能を司る場所なのだそうですね。

つまり、自転車に乗る技術や、箸を操る技術のような、訓練の繰り返しで会得する技術で、いったん学んでしまったら、その後は無意識に、自動的にできるようになる、あの手続きの記憶を司る場所から、直感が生まれているというのが、本当に面白く思えました。

箸を握ってうまく操る動作をロボットにやらせようとしたら、膨大な計算が必要になるわけですが、私たちの脳は、いったんそれを覚えてしまったら、その膨大な計算過程をすっとばして、結果だけを見せてくれる。それは、あらためて、なぜできるのか考えてみてもわからない、無意識で、自動的で、しかも正確な動きです。

直感もまた、なぜ、そんなことが思い浮かんだのか、自分ではわからない。なぜなら膨大な計算過程をすっとばして、結果だけ、脳が囁《ささや》くから、です。

しかし、こういう直感は、初めから備わっているわけではない、と池谷さんは書いておられます。最初から自転車に乗れる人はいないように、やはり、学ばねばならないのです。将棋のプロ棋士は、幼い頃から毎日、毎日将棋を指し続け、ゲームの展開を記憶し続けてきたわけで、その血肉になったものが、もはや、自分では、なぜこういう発想になるのかわからない直感となって、次の一手を見せてくれている。

だとすれば、これまで私が生きてきた道程の中で学び、経験してきた膨大なもの、もはや私の血肉になっている、それらが見せてくれるのが、私だけの、次の展開、なのでしょう。

津田先生、お便りの中で、ＡＩが得意なこと、不得意なことについて書いておられましたね。ＡＩは将棋のプロ棋士以上の「直感」を常に連発できるのかもしれません。膨大な棋譜を記憶し、戦法を記録し、膨大な計算を一瞬でこなして、最良の手を導き出す。

それはまさしく、人もAIも、そっくり同じことをやっている！　と、思える「頭脳」の働きで、いかにもAIが得意そうな分野です。

以前のお便りで教えていただいたレンブラント・プロジェクトもそうで、レンブラントの「経験」「テクニック」「嗜好」のすべてをインプットされたAIは、レンブラントと同じ名画を描くことができるようになる。

しかし、です。レンブラントが、いまも生きているとしたら、彼が次に描く絵と、AIが計算値から算出して描く絵は、多分、少し違ってくるのではないか、と思うのです。

なぜなら、レンブラントは、生きている日々の中で新たな経験をし、そこから無数の揺らぎに満ちた、新たな思考、新たな嗜好を育み続け、その上で新たな絵を描くわけですが、AIは、「ある時点までで完結した個人」であるレンブラント——すなわち、すでに亡くなっている人——に成り代わることはできても、生きて変化し続けるレンブラントと、完全に同調して生きることはできないから、です。

そういう技術もやがて生みだされるかもしれませんが、それでも、きっとAIには、決定的に「ない」ものがある。津田先生が、見事な洞察でお示しくださったように、AIは死なない。不死であるがゆえに、有限の命を生きる私たち人間とは根本的なところで、決定的に異なっているのです。

私は、私が育んできた膨大な「過去の袋」を脳に持ち、物語を紡いでいます。直感が、次の道を見せてくれますが、その道は、死を恐れ、死についてひたすら考えてきた私の感覚が引き寄せてきた思考の数々があって、はじめて見えてくる道です。

母の死を経験した私はもう、母の死を恐れ続けていた頃の私とは異なります。実際に訪れた最愛の母の死後の空虚が、その哀しみが全身を満たしている感覚が、私に新たな物語の道を示していくことでしょう。


それにしても、人の心と身体の関係は不可思議です。

命を繋ぐのに都合が良いように、信じられないほど巧妙にできている生物の身体。環境が変われば、それに適応できるように変化する余地をもっているほどに巧妙で、生き延びて、遺伝子を、どこにも存在しない「最終目的地」へ届けるために、ただひたすら進化してきた身体。

でも、人の心にとって最も大切な「私という個」は、人の身体にとって、遺伝子ほどには重要ではなくて、やがて次世代に場を譲るために消え去るよう、巧妙にセッティングされた乗り物に過ぎない。

「私」が消えることを恐れ、続くことを願う心と、生命を存続させる必要がある間は、生きたいと思わせるように出来ている一方で、時が来れば崩壊するよう促していく身体。

私たちは生まれ落ちたその瞬間から、果てしない矛盾を生きるように定められているわけです。

最初のお便りで書いた、蓑虫の雌の姿を思う度に、私は、吉野弘《よしのひろし》の、あの印象的な詩「I was born」を思い出します。


――ほっそりした母の　胸の方まで　息苦しくふさいでいた白い僕の肉体――

そう、人も、カゲロウも、蓑虫も、次の世代を生むために生きろ、と身体に囁かれながら生きていきます。

性という、遺伝子を環境に適応させるシステムをもつ生物はすべて、次世代に命を渡すために「生きなければならない」。けれど、次世代にバトンを渡すためには「永遠に生きていてはいけない」。だから、どこかで必ず死ぬように身体には多種多様な滅びのスイッチがついている。

生きなければいけないが、生き続けてはいけない。その二律背反が必ず生じるようにできている。生物とは、誠に不思議なものです。

死を恐れながら、不死にも耐えられないという心の在り方も、こういう身体の必然から生まれてきているのでしょう。

長谷川英祐《はせがわえいすけ》さんが書かれた『面白くて眠れなくなる生物学』という本、これまた本当に面白いのですが、なんと、ザリガニにも「鬱」があるのだそうです。メスを巡って喧嘩をして負けたオスは、その後しばらく闘おうとしなくなるのだそうです。そのときのオスの脳を調べたら、神経伝達物質の分泌が減っていたそうで、こういう鬱状態にあるザリガニに抗鬱剤を投与したら、再び闘うようになったのだとか。

なぜ、ストレスを受けると鬱状態になるのかは不明だけれど、鬱になることが生存に不利な性質であれば、長い生命の歴史の中で淘汰されているはずだから、何らかの「適応的意義」があるのではないか、と書いておられますが、幸せを感じられなくなり、死への欲求が高まる「鬱」という心の状態もまた、私には、生物の有限スイッチのひとつであるように思えてなりません。

しかし、なんとまあ、私たちは、身体に支配されて生きていることでしょう。

長谷川さんによれば、

ある研究では、ある状況が生じたときに、脳のなかで「それに対して私は△△する」ということを意識する前に、すでに体がそれに対する反応を始めている、という結果が報告されています。（一六七－一六八頁）

とのことで、「我思う、ゆえに我あり」と思いたいけれど、実際には身体の囁きの方が先にあって、それに対応して感情が生まれているのかもしれませんね。

最近、聖路加の人間ドックで、頸部に何かあるかもしれないので再検査を、と言われてしまったのですが、このときの私の心の動きは、まさに、それでした。

母が逝き、父を施設に入れたとき、私は、それまで肩に乗っていた大きな責任をようやくおろすことができました。

いまの私にはもう、立派に成人して、自分の面倒は自分で見られる家族しかいなくなったので、誰かを世話するために絶対に生きていなくては、と思う必要がなくなったのです。

長いこと、私は、心気症を疑うほど、病気が恐ろしくてなりませんでした。家族の暮らしを支える大黒柱のような存在でしたから、人間ドックを受けるたびに、何か見つかったらどうしよう。いま、私が死んだら大変なことになる、と、そればかり思っていました。それが、もう心配しなくていいのだ、と思ったとたん、身体の内側を風が吹き抜けていき、一瞬にして、重く詰まっていたものを運び去ってしまいました。

いま、私の内側は、空っぽです。

日々の生活はちゃんと営んでいますし、ごく普通に生きているように装っていますが、その実、いまの私は、ちょん、と指で押されたら、ふしゃふしゃと崩れそうなほど虚ろです。

私は今年五十五歳になります。長年頑張って生きてきて、作家になり、学者になり、多くの物語を生み、その物語が世界中で翻訳され、アニメやドラマにもなって……子どもの頃、焼けつくような思いで夢見ていたことは、すべて叶ってしまいました。

とても幸せな人生だったと思います。でも、これから先、これ以上、何か望みがあるかと問われれば、正直、さしてないのです。

なんと私は、とうとう、いつ死んでも良い、という状態になったのです！

積極的に死にたいとは思いませんし、他者に迷惑をかけることは恐ろしい。痛いことや、苦しいことも嫌ですが、例えばがんのように、緩和ケアの技術がとても洗練されてきていて、しかも、宣告から死までに、人生の後始末ができる期間がある病気で死ぬのなら、もう命を手放しても、さして問題ないかも？　と、思える状態になれたのです。

ところが、です。人間ドックで、頸部に何か腫瘤があるので再検査を、と言われ、超音波検査を受けているとき、技師さんの、プローブで腫瘤を繰り返し撫でる手の動きの感じから、彼が、なにか疑問を感じている、ということが伝わってきたとき、いきなり心臓がきゅっと縮まって、鼓動が速くなったのです。

あれ？　私、怖がっている？　――なぜ？

この位置からすると正中頸部の腫瘤だから、悪性のものである可能性は少ないはずだし、そもそも、私はもう、いつ逝っても良い状態になったのではなかったっけ？　と、冷静な「思考」が頭に浮かんでいるのですが、それでも鼓動は速いままで、胃のあたりも、きゅっと硬くなっている。

わずかなりとも命の危機の可能性を感じ取った瞬間、身体の方は、あっという間に、生き延びるための臨戦態勢に入ってしまったのです。

病院を出て、タクシーに乗ってから、しみじみ思いました。私は身体が喚起してくる感情をコントロールできないのだ、と。

ひどいなぁ、身体よ。やがて必ず情け容赦なく壊れていく癖に。そのときにも恐怖と悲しみと絶望の感覚を、こうして伝えてくるのだろうねぇ。本当に、ひどいなぁ、身体よ。

昔から、多くの賢人たちが、身体を離れたところに心の平安を見つけようとしてきたのは、さもありなん、だなぁ、と、タクシーの中でため息をついていたのでした。

私を成り立たせているものも、この世の生物の在り様にも、「情け」はありません。情けとは、まったく関係のない非情な摂理で、淡々と動いているだけです。人の心は、しかし、それでは、なかなか納得がいかない。もっと別の何かが彼岸にあり、それこそが真理なのでは、と思ったりする。こんな寒々としたものが真実であるはずがない、と思いたい。

もしかすると、物語は、心の底で気づいている現実と、心が求めている「何か」の絶望的な距離を埋めて、あ、そうだったのか！　と納得できる、辻褄を合わせるために紡がれてきたのかもしれません。

それはしかし、そもそも、かなり無理のあることですから、ハッピーエンドにするためには、神の恩恵や奇跡、魔法の力が必要だったりする。

そういう御伽噺《おとぎばなし》のまやかしでは満足できなくなった人々が、この世と人の真実なるものを、そのままの姿で描きだすことに意味を見出し、文学なるものが、御伽噺より高尚なものと思われるようになった……のかもしれません。

私たちは、生まれ落ちたそのときから、身体が囁く声を聞いていて、思考が成熟していくよりも前から、真の恐怖も、真の虚しさも知っているのではないか、と思うときがあります。

黄昏《たそがれ》泣き、という言葉がありますね。子育てをしたことがある方なら、ああ、あれ、とわかる、赤ちゃんたちが、夕暮れどきに泣き出す現象を表した言葉です。オムツが濡れているわけでもなく、お腹がすいたわけでもない。ただ、泣き出す。自律神経が未熟な赤ちゃんが、交感神経と副交感神経の朝夕の切り替えがうまくいかずに泣くのでは、という説があるようですが、まだ原因はよくわかっていないようです。

原因不明でも、日本だけでなく世界中で、黄昏どきに赤ちゃんが泣く。なぜ、と問うても、赤ちゃんは答えてくれませんし、言葉を話せたとしても、答えられないかもしれません。

そういう哀しみはあるものです。

黄昏どきに哀しくなるのは、多分赤ちゃんだけではない。明確な理由はないのに、ふっと哀しくなる。そのとき、身体は、心に、何を囁いているのでしょう。

幼い頃、私は台東区《たいとう》の根岸《ねぎし》という生粋の下町に暮らしていました。

その頃住んでいたのは、棟割長屋の名残りを感じさせる古い家で、九州から、私の父である息子に招かれて出てきた祖母は、間口二間《けん》、奥行き四間のその家を見たとき、「ああ、四×二間間《けんま》だね、私はここで死ぬんだね」と、言ったそうで、その言葉通り、祖母は根岸のその家で亡くなりました。

隣家との境目の壁は薄くて、隣家の人が階段を下りてくる音が、我が家の階段を誰かが下りてくる音に聞こえるような狭い小さな家でしたが、表通りからは少し離れていたので、意外に静かな家でもありました。

階下の部屋の窓にはまっていたのはすりガラスだったのか、それとも普通のガラスだったのか、記憶は定かではないのですが、いまのサッシのように透明ではない窓から射しこむ光は、うすぼんやりとしていて、晩秋の夕暮れどきなどは、小さな部屋は青く沈みました。

その小さな部屋で遊んでいて、いつしか窓から射していた光が薄れ、青い夕暮れの中に、ひとりでいることに気づいたとき、私は、ふいに、静かな哀しみにとらわれたのです。

それは、しんしんと胸に満ちてくる、青白い哀しみでした。

幼稚園に通い始めた頃のことです。なにか、哀しむ理由があったわけではありません。台所では母が夕餉《ゆうげ》の支度をしている音が聞こえていましたし、煮炊き物の良い香りも漂ってきていました。

訳もなく、ただただ哀しかったのです。ただただ虚しく、哀しかった。

あの哀しみに、理由をつけても意味はないでしょう。

私は、この世に在ること、そのものを、哀しむ心をもって生まれてきました。その哀しさや虚しさを宥《なだ》める道を探すために、多くの物語を紡いできました。御伽噺ほど無邪気に都合良いものでは満たされず、さりとて、文学よりは、幸せでありたいと願う心に寄り添いたくて、矛盾する様々な糸を、あるときは矛盾のままに、あるときは知恵で辻褄を合わせながら、物語を紡いできました。

それでも、心の底にはまだ、あの幼い頃の、晩秋の夕暮れどきの、青白い哀しみがひっそりと宿りつづけています。

かつては、夏の強い陽射しを受けた木々が濃い影を落とすように、その哀しみは激しく強くて、なんとかせねば、このままでは死ねない、という思いが胸を焦がしたものですが、いまはもう、それは秋のはじめの穏やかな光が生む、薄ぼんやりとした影でしかありません。

しかし、それはいまも、ただ置いてはおけぬ哀しみで、それゆえに、私はまだ、物語を紡ぐ気持ちを失っていないのでしょう。

最後のお便りですのに、なんだかとりとめのない、思いに任せたようなものになってしまいました。でも、それもまた、この往復書簡には良いかな、という気も致します。

花に嵐はつきもので、桜が咲くと、わざとのように、冷たい雨が降る日がございますが。それでも三寒四温。もう、春本番ですね。どうか、良き春をお過ごしください。

かしこ

死と再生、人生の物語化

津田篤太郎

あっという間に、焼け付く暑さのシーズンとなりました。

毎日忙しく過ごしていると気が付きませんが、確実に時間は前に進んでいきます。そうして、過ぎ去ってしまった時間が取り返しのつかないものであることを、痛切に感じさせられるのが、見知った人の訃報です。

上橋さんのお母様の時もそうでしたが、つい先日、私の勤めている病院の名誉院長で、日本における最長老の医師でもあった日野原重明《ひのはらしげあき》先生が世を去りました。テレビのニュースや新聞でも、ほぼトップに近い扱いで取りあげられ、いかに多くの人に影響を与えていた巨人であったかを、いまさらながら思い知らされました。

小林麻央《こばやしまお》さんのように、年若い人の死は格別に悼ましい感じが致しますが、この世に長く生きた人の死、そこにいらっしゃることが当たり前のように感じていた方が亡くなる、というのは、時代の移り変わりを痛感させ、自分が生きてきた人生まで過去のものになってしまったような感慨を抱かせます。

振り返って考えると、私が日野原先生の謦咳に接したのが、十五年以上前。地下鉄サリン事件で陣頭指揮を執り、数百人の患者を受け入れるという判断をされ、それが大きく報道されたのが二十年以上前です。私の頭上でも、それほどの時間が流れ去ってしまったのかと考えると、眩暈《めまい》がする思いが致します。

日野原先生は地下鉄サリン事件当時でも八十歳を優に超えておられ、世の男性の平均寿命を遥かに超えておられました。病院の緩和ケア科に見学しにきた私に、心電図について直々に解説していただいたときは九十歳、「ひとは生きているだけで素晴らしい」「どんな死も、尊厳に満ちたものだ」とおっしゃっていたのが印象的でしたが、日野原先生の回診にずいぶん前から参加している病院ボランティアの方のお話によると、数年前までは「美しい最期の時間の過ごし方を！」「人間、死に際が肝心である」というようなことをおっしゃっていたんだそうです。つまり、九十歳近くになっても、人生に対する洞察が変わっていく、おこがましい言い方をすれば「成長」していくのだ、ということに、医学生であった私は深く感銘を受けました。

それが、思いもかけぬ偶然の連続で、先生と同じ職場で仕事をすることになりました。同じ大学の同窓生ということもあり、宴席を囲んだこともあります。「私はね、東京にオリンピックが来るときには、百九歳になるんだよ……」それは簡単に実現しそうなことのように思っていましたが、かなわぬ夢となりました。

私が見知っている日野原先生の物語はここまでです。物語には人生と同じで始まりと終わりがあります。ネヴァー・エンディング・ストーリーというものもあるかも知れませんが、常に更新される物語は、後から何が起こるかによって物語全体の意味合いが大きく変わってしまいますから、未完の物語、完結していないものと言わざるを得ないでしょう。

上橋さんは物語を将棋にたとえられ、「直感」が物語を駆動していく原動力になる、いわば「ドラマトゥルギー」になっていくことを述べられました。将棋の中盤、勝負の分水嶺となる一手が、「直感」から導き出される――ここに感想戦というか、棋譜を振り返ることの醍醐味があるのでしょうし、私たち素人にとっては、プロ棋士の解説を聞く楽しみがあります。

しかし、先日テレビで見た、AIと佐藤天彦《さとうあまひこ》棋士の「電脳戦」の様子は、かなり異なったものでした。AIは初手から定跡外れの、異様な手を指してきます。佐藤棋士もAI将棋をよく研究されているので、惑わされずに指していくのですが、徐々に戦況は不利になっていきます。そしてあと数手で投了という時に、佐藤棋士はそれまで記録された棋譜を手に、部屋を出て行ってしまいました。あとで行われたインタヴューによると、このとき佐藤棋士は、自分がどこでミスをしたのか、もう一度最初から確認していたのだそうです。それをしないと、納得して投了できない。しかし何度見返しても、ミスをしていないのです。いつの間にか状況が悪くなって、負けている。自分にミスが無いことを確認してから部屋に戻り、その後投了したそうです。

私はこの、ミスが無いのに負ける、いつの間にか不利になっている、ということにとても興味を惹かれました。これはＡＩ将棋に「分水嶺の一手」が無いことを示しているのではないか？　と私は思います。ＡＩは短時間に莫大な量の計算を行い、各局面で先手後手どちらの方がどの程度有利／不利かを数値化し、迷いなく最適手を選択していきます。ここに「直感」というあいまいなものが入り込む余地はありません。

この将棋ＡＩの生みの親であるプログラマーは「このＡＩがなぜ強いのか、もはや私にもよくわからない」と言います。私が思うに、この表現は少し不正確で、Ａ

Iがなぜ強いのか、テレビ番組の限られた時間に収まるような、ある程度短い言葉で表現することはできない、ということではないかと思います。さらに言い換えるならば、AIについて知識を持たない一般の視聴者にも、「直感的」に理解できるよう物語ることができない、ということなのでしょう。

なにが言いたいかというと、「直感」無き存在は、物語無き存在であるということです。AIの指し手は、それまでの局面から連続的に、リニアに計算されるもので、必然的に解が一つに収束します。一手目と人間が指した次の手から、三手目が計算され、それに対する人間の指し手から四手目が計算される……AIのペースに乗せられないように、どんなに想定を裏切るような手をこしらえても、必ず先回りされてAIが勝つような局面に引きずり込まれる。

これに対して、人間同士の将棋でみられる「直感」に基づく「分水嶺の一手」とは、いくつか迷う手があって、その優劣を有限の脳味噌では判断することができない。そのような状況で、計算や合理的判断を一旦断ち切って、えいやっと決めてしまうのでしょう。その背後には数えきれないほどの中断された思考や、言葉にならぬような情念がはたらいているのでしょうが、次の一手を指すことにより、多くを諦め、消し去ってしまうことになります。

この不連続な局面こそ、物語を築いていく足場となります。その一手に向かって、積みあがってきた多くの過ぎさった事柄が流れ込み、そこで生まれるいくつもの可能性がひとつの決断により滅ぼされ、全く新しい局面に遷移していく。そして、すべて終わった後から振り返ると、この思考の不連続面こそ、全体の勝敗を大きく分ける結節点であった……これぞ物語です。

おそらくＡＩ将棋は、定跡外れで人を驚かすことはあっても、計算や合理性が断たれる不連続な瞬間は無いのではないかと思います。佐藤棋士が最後に首を傾げたのは、まさにこの点にあったのでしょう。いつの間にか負けている……このつるっとした一連の棋譜には、物語を組み立てていく足場がありません。

これを将棋以外の物語一般に敷衍《ふえん》して考えると、この思考の不連続面、その多くはわれわれが苦しみ、忌避してきた事柄です。うっかりミスや偶発的な事故であったり、乗りこえがたい障害であったり、怪我や病、あるいは死……そういうものに左右されない安定した動作主体を作るために、ＡＩを生み出したところ、プログラマーの「なぜ強いのかわからない」という言葉に象徴されるように、それは物語を持たない、理解を超えた存在になってしまいました。

不死不滅で完全無欠のＡＩが理解不能で物語を受け付けないとすれば、そこから逆算して言えることは、われわれ人間は、自分たちが欠点を抱えた存在であり、いずれ滅びることをわかっているからこそ、物語を紡ぎ、物事を理解することが可能である、ということではないでしょうか？　病や死というものは、できれば避けたいものですが、それらは節目として、世界の観方《みかた》を打ち立てるフレームとして機能しているのではないかと思います。

前にも述べましたように、最近ではＡＩが小説を書いたり絵を描くなど、芸術的創造の範囲まで活動を拡げつつありますが、これはＡＩにも真似できないだろう、という例をふたりばかり挙げたいと思います。

ひとりは画家の熊谷守一《くまがいもりかず》（一八八〇〜一九七七）です。彼は裕福な家に生まれ、才能にも恵まれ、東京美術学校を首席で卒業し、当時の西欧の最先端、フォービズムを取り入れた絵を描きますが、実家の没落とともに生活に困窮するようになり、貧困の中で次男、三女、そして長女を亡くします。戦争直後、長女の萬《まん》が二十一歳で亡くなった時の二枚の絵は、守一の驚くべき変貌を雄弁に物語ります。「ヤキバノカエリ」は、骨壺を持った人物を真ん中に三人の人物が描かれていますが、三人に顔がありません。背景も服装も極端に単純化されています。もう一枚「仏前」という絵に至っては、黒いお盆の中に白い卵が三つ、脇に燭台と思しき不定形の茶色の物体が立っている、それだけの構図です。でも、描いた者のやさしさと、底知れぬ悲しみが、見る者にどことなく伝わってくるような感じがするのです。晩年に好んだ画題は猫で、くっきりとした輪郭線と軟らかな色彩で、なかば意匠化されたような猫なのですが、もはやこの世の何物にも執着することのない、自由な境地が表現されています。

おそらく、守一晩年の、極度にシンプルな絵を数十枚ＡＩに学習させれば、鑑定家にも区別がつかないほどの絵画が仕上がる

でしょう。しかし、彼の若き日の絵画、才能にあふれ、時代の前衛に立っていた時代の絵画を全てAIに入力したとしても、決して晩年の恬淡《てんたん》とした画風に至ることはないだろうと思うのです。画家の人生は連続的な経験と、合理的な判断の集積の上に経過してきたものではなく、残酷なまでに運命に翻弄され、魂を切り刻まれるような苦難にさらされ、一時は翼をもがれた鳥のようになってしまった。そこで以前の守一は死んでしまったのだと思います。しかし彼の才能と生命力は、もう一度全く新しい画家として再生することを促した、この〝死と再生〟の不連続面にこそ熊谷守一の人生の物語があり、彼の絵が数多くの人の心を揺さぶる原動力になっているのだと思います。

もう一人は、ハンガリーの指揮者、フェレンツ・フリッチャイ(一九一四～六三)です。彼は地方都市の軍楽隊の楽長を父に持ち、幼い時から音楽に親しみ、ほぼすべての楽器を演奏することが出来たそうです。十代のころから作曲・指揮など音楽家としてのキャリアを始め、戦後の混乱期の時代に、亡命や公職追放を余儀なくされた大物指揮者が活動できなくなる中、若手の俊英として彗星の如く現れ大活躍しました。モーツァルトからバルトークまで、幅広い作品のスコアを丹念に読みこみ、目の覚めるような冴えわたるサウンドを聴かせました。

しかし彼は健康に恵まれず、一九五八年には大手術を経験し生死の境を彷徨《さまよ》います。約一年のブランクの後、彼は奇跡の復活を遂げました。復帰後間もなく録音されたと思われるチャイコフスキー「悲愴」交響曲は、それまでなかったような「演出」がくわえられ、まるで別人のような激しい情念がほとばしる演奏です。

彼はその後、死までの数年間、かつてのレパートリーの再録音に取り組みます。そのどれもが驚くべき表情を見せており、彼の「死と再生」のドラマを垣間見る思いがします。最晩年のリハーサルの映像が遺されています。スメタナの交響詩「モルダウ」のプローベなのですが、最初は乗ってこないオーケストラの団員が、フリッチャイの情熱的な、しかし丁寧で根気強い指示に導かれ、短時間のあいだにメキメキと良い音を出すように変貌します。練習中、曲のクライマックスの部分にさしかかったとき、彼はまるで自分に言い聞かせるかのように、こうつぶやきました。「ここの箇所は〝生きることは素晴らしい〟と歌っています……そう、生きることは本当に素晴らしい……」

このような「死と再生」のドラマは、本当は私が考えているよりずっと多いのかもしれません。あの日野原先生も、「よど号」ハイジャック事件に巻き込まれ、一時は死を覚悟し、無事生還を果たした後は、他人のために自分の人生をささげようと決心したという有名な話があります。これもひとつの「死と再生」かもしれません。

傷つきやすく、滅びを宿命づけられている私たち人間は、不断に「死と再生」の物語を必要としている、こんなことを言う人に出会いました。私とほぼ同年代の小児科医、熊谷晋一郎《くまがやしんいちろう》さんです。熊谷さんは発達障害がご専門で、自身も脳性まひで生まれたときから身体の障害を持ち、「当事者研究」という手法で興味深い研究を重ねておられます。その研究の途上で、熊谷さんは「予測誤差」ということに注目されました。

このまま直進すれば前の人とぶつかってしまうだろう、もう少しで三時だからおやつが出てくるだろう、宿題をしないで寝てしまうと明日先生に怒られるだろう、など、生きていくうえでは様々な「予測」をし、それに基づいて予定を立てて行動を決めるわけですが、人生は思いどおりに行かないもので、予測が外れる時もままあります。前の人にはぶつからなかったが、石につまずいてこける、だとか、おやつが出てこずに晩御飯まで空腹を我慢せざるを得なかったとか、眠い目をこすってせっかく宿題をしたのに、宿題ノートを家に置き忘れてしまうだとか。

ささいな「予測誤差」については、何かほかのことで「埋め合わせ」が出来たり、誰かに慰めてもらったり、あるいは、時が解決する場合もあるでしょう。人間は多少痛い思い苦しい思いをしながらも学習し、よりよく将来を予測し行動するプログラムにフィードバックさせることができます。

しかし、親しい肉親を失ったり、深刻な病気に罹ったり、大事故大災害に遭うなど、ちょっとやそっとのことでは回復できないような「予測誤差」に見舞われた場合はどうでしょう。強い外傷の記憶はトラウマとして刻まれ、将来のための対策も立てられずに、時折フラッシュバックを起こして苦しむことにもなりかねません。

傷つきやすい私たち人間は、このようなトラウマと無縁ではいられません。誰しも一つや二つは抱えているものです。では、そういうトラウマが少なければ少ないほど良い人生なのでしょうか？　「予測誤差」は極小なほうが良いのでしょうか？

神経科学者のカール・フリストンはこれを〝dark room problem〟と名付けまし

た。温度も湿度も気圧も快適に保たれた薄暗い部屋（強い光もなく、真っ暗闇でもない）で、毎日生命維持に必要なすべての栄養が供給され、排泄や清潔さにも問題が無い状態、このような「予測誤差極小状態」に人間の脳味噌は長期間耐えられるか？　という問題です。

常識的に考えて、数時間ぐらいなら快適だが、数日、数週間つづくとだんだん耐えられなくなるのではないかと思われるでしょうが、これを科学の言葉で定量的に記述するのは意外に難しい問題なのだそうです。どのぐらいだと耐えがたくなるのか、そもそも、なぜ「予測誤差極小」が耐え難くなってくるのか……？

熊谷さんは、〝dark room problem〟の答えはトラウマと記憶にありそうだ、とおっしゃいます。人間は誰しもトラウマを抱えており、「予測誤差極小」で外からの刺激が入ってこなくなると、過去のトラウマが立ち上がってきて脳を苦しめるのだと。過去のトラウマから遮断するには、現在に不快な「予測誤差」が一定程度入ってくる必要があるというのです。

これは、さまざまな依存症が起こるメカニズムを説明し、治療のヒントになりうるといいます。依存症患者は耐え難いトラウマを背負っている人が多く、辛い過去を現在から切断するために、現在の覚醒度を上げて「予測誤差」を極大にする（＝覚醒剤の使用など）か、フラッシュバックを感じさせないほどに意識状態を落とす（＝麻薬の使用など）に手を出してしまうのですが、こうしたやり方はほんの短期間、過去を忘れさせてくれるだけで、多くの場合、薬物の依存性や毒性などのために二次的なトラウマを引き起こし、雪だるま式に問題が大きくなっていくことになります。

依存症自助グループのリーダーで、ご自身も回復者である上岡陽江《かみおかはるえ》さんは、「人生は二度おいしい」とおっしゃっています。薬物など、安易で短期間の解放をもたらす手段ではなく、自助グループでは、時間をかけて、丹念に日常生活を取り戻し、人間関係を結びなおして行く中で、荒れ狂うフラッシュバックの嵐が静かな悲しみに変わっていくことを目指すのですが、回復者はそこで「死と再生」を経験する。私はそのように上岡さんの言葉を解釈しました。これはまさに終わりと始まりがある、人生の「物語化」ではないかと思うのです。

他方、「物語化」できないＡＩは、何とも言えず気味が悪い存在です。なぜ気味が悪いのか。〝dark room problem〟のたとえを持ち出すと、ＡＩにとっては dark room が最も良いパフォーマンスを発揮できる場です。AIの不気味さは、その dark room の不気味さ・息苦しさに由来するような気がします。いつの日か、私たち人類の生命活動・知的創造がAIに写し取られ、暗い部屋で静かに発展・継承される……そのような未来を想像した時、私たち自身が暗い部屋で逼塞《ひっそく》させられているような気分になりますね。

さらにいえば、約四十億年とも言われる生命の歴史も、始まりがよく分からず、私たちはその終わりを決して見届けることができないという点において、「物語化」が出来ず、非常に気味が悪いものであると言えるかもしれません。しかも、大宇宙のなかでたった一つのちっぽけな惑星である、地球という名の dark room に閉じ込められている……。

しかし、その連綿と続く生命の世代交代の中で、明滅するひとつひとつの命に対して持つイメージは、もっと開かれたもので、つながって拡がっていくものです。「予測誤差」を引き受けて、傷つきやすく厄介な存在でもありますが、ともに「死と再生」を繰り返すという点で連帯し、共鳴することもできる存在でもあります。

上橋さんの、最初の問い、なんのための「生」なのか、なぜ私たちの脳はそれを問うようにできているのか、に対して、私のお返事は、図らずも、なぜ「死」があるのか、と裏口から辿ることになりました。「死と再生」によりdark roomから出るのだということになると、活き活きとした「生」のイメージにつながります。私たちは暗い部屋を出て、よそとつながっていく、そのために死ぬと分かっている生を生きている、こう言ってもいいんじゃないでしょうか。

指揮者フリッチャイは、音楽に新たに取り組む時は、その曲の一番の弱点から取り組む、そして、そこから得られた理解を元に、全体を構築する、というようなことを言いました。なんのための「生」なのか、という問いは、いささか弱音のようにも聞こえるのですが、この弱音こそが、優れた物語の書き手である上橋さんの「創作の源泉」であるように私には見えてくるのです。この先も上橋さんは、さまざまな「死と再生」のドラマを描いて人々を感動させる、人々とつながっていくのではないか、そんな風に思います。

過去が現在を迎えに来る、八月の暑い日に

おわりに　奇縁に導かれる「最高の選択」

津田篤太郎

先日、哲学者の國分功一郎《こくぶんこういちろう》さんが、懐かしそうな眼をしながら、こんなことをおっしゃっていました。「宅配サービスの配送員が、荷物をブン投げる映像、みましたか？　あれは、〝人間の最後の抵抗〟っていう感じがする……」

明朗会計、クリック一つでモノが買える便利さから、ネット通販が隆盛を極める陰で、小さい商店はおろか、大規模スーパーや百貨店も売り上げを減らし、対面販売でやり取りする場がどんどん減り、そのしわ寄せが宅配業者に重くのしかかっています。日中は留守の単身世帯に、ひたすらインターホンを押して、宅配ボックスがないと荷物を持ち帰らざるをえない……映像の配送員はそんな、カフカの小説のような不条理な仕事につい嫌気がさして、大切な荷物を投げてしまったのでしょうか……。

　実は、居留守だった、ということも珍しくないようです。自分がモノを注文しておきながら、配送員が届けに来ると「コワイ」「見ず知らずの人に扉を開けたくない」。暗い部屋でじっと息をひそめ、狭い「予測誤差」の中で過ごすことを好む人が増えているといいます。

　これは、上橋さんが言っていた「ミノガ」だなぁ、と思いました。一生を蓑の中で過ごし、最後は次の世代にその身を捧げ尽くして終わる命を憐れんで、何のために生きているんだろうか、と上橋さんは問われたのですが、私は「ミノガ」は、ひょっとしたら自分の生の始まりや終わりについて考えることはなく、まるで永遠の生を謳歌《おうか》するがごとく時間を過ごしているのではないかと、ふと考えました。

　狭いところでじっとしていれば、自らの身体の老いにあまり気付かないかもしれません。外にいる誰かと会うこともなければ、容姿の衰えも気になりません。ネット上で〝仮想の身体〟を獲得してゲームに興じたり、見知らぬ誰かとやり取りをするとき、死に向かいつつある自分、というものは意識されないのではないか、そういう「恐ろしい運命」を一時忘れさせてくれるものが、ネットの仮想現実なのかもしれません。

國分さんは「ＡＩが人間にどこまで迫れるか、という話と同時に、人間がＡＩみたいになろうとしている、ＡＩみたいにさせられようとしている」ともおっしゃっていました。これはひょっとしたら、死にたくない、傷つきたくない、という人間の願望の表現かもしれない、と私は思います。いままでさんざんに傷つけあい、殺し合ってきた人類の歴史を振り返れば、あの、のっぺりとしたＡＩが、人間にとって代わる「最終解決」の日が来たとしても、しかたがないような気もします。

私は一時期、「最高の人生を送るにはどうしたらよいか？」という軽薄なことを考えていました。でも、最近になって気づいたのです。「どれが最高の人生なのかを比較して決めることが、原理的に不可能である」ということに！　人生は原則的には一度きりです。上岡陽江さんは「人生は二度おいしい」というけれど、それを考えに入れてもせいぜい二、三度きりです（依存症で地獄の淵まで行って、還ってくるという体験ですから、そんなに何度もできませんし）。どれが最高かを決めるには、これはひとによるかもしれませんが、私なら十回は必要かなぁと思います。ＡＩならばそれが可能でしょう。リセットボタンを押して、十回繰り返したら、十回とも「最高の選択」をするんじゃないでしょうか。しかし、それでは、面白くない。なにか、出来レースを見せられているような、心躍る感じがいまひとつしない……。

一期一会、という言葉に表現されるように、失敗だらけで、滅びを運命づけられているものが、奇妙な縁《えにし》に導かれて、驚くようなパフォーマンスを遂げる、というところに、生きている！　という実感が湧くのではないか、そう考えると、配送員の怒りの一擲《いってき》は、「オレは生きている！」と全身でアピールしているようにも見えてきます。

私個人の「最高の選択」は、ほとんど奇縁としか言いようがないものによって導かれています。ある本屋さんのイベントで、文藝春秋の山本浩貴《やまもとひろき》さんにたまたま出会い、その山本さんが、出会えるはずのない上橋さんに私を紹介してくださいました。しかも、ちょうどその時上橋さんのお母様がご病気となり、そのまま最後まで拝見することになりました。

そんななかで上橋さんからの切実な問いかけにお答えするにあたり、大変な作業でしたが、いままで漠然と考えてきたことをまとめる良い機会を与えられたと考え、原稿に向かうことにしました。いざ書いてみると、受け持たせてもらった患者さんたちを含め、いろいろな人から教えを受けたことにあらためて思い至り、縁というものの不思議さに驚くとともに感謝の念が沸き起こってくる感じがします。

この本を送り出すとまた新たな縁を開くことになるのでしょう。私はもう少し生きて、どうなっていくのかを楽しみに待つとしましょう。

未曾有のパンデミックにどう向き合うか

津田篤太郎

二〇二〇年、今年は多くの人が待ち望んでいた祝祭の年になるはずでしたが、期待は大きく裏切られ、驚くべき疫災の年となりました。

この往復書簡が始まった二〇一五年の秋、五輪のメイン会場となる新国立競技場の建築を巡り、その巨額の費用が問題視され、いったん決定していたデザインが白紙に戻されるなど、大揺れに揺れていたころでした。五輪を招致した当時の猪瀬直樹都知事は「四十年前の五輪施設をそのまま使うので世界一カネのかからない五輪なのです」と言っていたにもかかわらず、当初計画では新競技場の建築だけで数千億円規模のコストになると判明し、世論が一変しました。

スタジアム問題を早くから取り上げていた作家の森まゆみさんの案内で、解体直前の旧競技場を歩いて一周したことがあります。一九六四年の東京オリンピックの開会ファンファーレが華々しく鳴り響いたこの場所は、太平洋戦争時に大勢の学徒兵を死地に送る出陣式が行われた、暗い歴史の染み込んだ土地でもあります。近くには神宮外苑もあり緑が多く、散歩やジョギングにはもってこいの場所ですが、工事の支障になるせいか無残に伐採された樹木が建物の傍らに山積みになっていました。五輪に合わせた都市計画の見直しにより、近くの都営アパートが取り壊され、住民が強制立ち退きになる話も森さんから伺いました。

私は次第に五輪に懐疑の念を抱くようになりました。いったい、二〇二〇年というタイミングに五輪という世界的巨大プロジェクトを、これほどの犠牲を払って東京で挙行する意義は何なのか？——二〇一一年の東日本大震災からの復興を象徴するのであれば、東北地方がメイン会場であるべきですし、戦後七十五年の節目に平和と不戦を誓う意味合いで、広島や長崎、あるいは日本と朝鮮半島の共催のイベントとするなら、納得がいきます。少子高齢化が進み、地方と大都市の経済的格差が加速度的に拡大していく中で、五輪というビッグチャンスを格差問題解決の方向で活かそうとせず、逆に首都過密に拍車をかけるかのごとく舵を切ってしまったのは、いかにも「歴史に逆らった判断」のように私には思えます。

「歴史に逆らった判断」は不吉の兆《きざし》を帯びます。昨年公開された白石和彌監督の映画「麻雀放浪記2020」は、原作には無かった二〇二〇年五輪が中止になるという設定が追加され、物議を醸しました。また、同じ年のNHK大河ドラマ「いだてん」は、役所広司さん演ずる嘉納治五郎の大活躍で一九四〇年の「幻の東京五輪」招致を勝ち取り、彼の死と世界大戦の影響で挫折するまでがストーリーの大半を占め、捲土重来を期し六四年五輪の成功に至るまでの放送回は全体のわずか二割ほどでした。来るべき二〇二〇年オリンピックに向けて、気運を盛り上げるよう期待されていたのでしょうが、それにしてはあまりに後半のウェイトが軽いように思われます。「五輪中止」の忌まわしい過去を嚙みしめるかのようなドラマ構成には、気鋭の有名脚本家である宮藤官九郎氏のアンテナに引っ掛かった〝不吉の兆〟が反映されているように私には見えました。

さらには、日本オリンピック委員会（ＪＯＣ）の竹田会長が、五輪招致の際に贈賄工作をした疑惑をかけられ退任に追い込まれたり、あれほどの巨費をかけて整備した新しい国立競技場に、花形競技であるマラソンが来ないことに決まるなど、異様なことが次々に起こりました。五輪のチケットが販売される頃になると、世間話で「チケットを申し込みましたか？」と尋ねられるたびに、私はこう答えていました。「来年、何事もなくオリンピックが開催されるという気がしない。だから買わないし、申し込みもしない」。たぶん周りから、変な奴だと思われていたでしょうし、実際、大学時代に水泳部員だった私の妻からは露骨に嫌な顔をされました。結局、私のなんとなくの予感は当たったのですが、決定打となったのが、過去に例のある戦争や、日本に多い自然災害ではなく、繰り返し報じられた汚職やスキャンダルでもなく、疫病であったとは！　全く想像ができませんでした。

コロナウィルスは二〇〇三年に中国や東南アジアでアウトブレイクを引き起こしたSARSや、二〇一五年に中国や韓国で感染が拡大し、現在も中東地域で散発的な流行を繰り返すMERSを除くと、死者を出したり重大な後遺症を残したりするようなことはない、ふつうのカゼのウィルスとして知られていました。カゼは英語に訳すと「common cold」すなわち「寒《コールド》」ですが、漢方医学の文脈では「風」と「寒」は区別されています。最古の文献の一つである『傷寒論』によれば、人体が「傷寒」という病気に冒されると、頭痛や発熱、関節痛などの症状に始まり、咳や痰、吐き気や食欲不振などの症状がそれに続き、重症化すると高熱となり意識が混濁し、うわごとを言うようになります。しかしすべての人がこのような重症の「傷寒」の経過をたどるわけではなく、軽症ですむ人もおり、「中風」と呼ばれます。つまり、「風《カゼ》」に中《あた》るものは軽症例で、「寒《コールド》」に傷《やぶ》らるるものは重症例、というわけです。

『傷寒論』の著者は張仲景という人物で、中国後漢時代（紀元一世紀〜三世紀）の地方行政長官であったといわれます。前文に「自分の一族は二百人ほどもいたが、建安元年（一九六）からの十年間で、三分の二が死亡し、そのうち七十％が傷寒によるものであった。」と書かれており、傷寒は大変恐ろしい流行病であったことが窺えます。この事態に立ち向かうため、当時の漢方薬の知識を集大成したのが『傷寒論』という古典ですから、漢方薬の治療論は感染症治療にその源を発しており、漢方の長い歴史は感染症との闘いの歴史である、と言っても過言ではありません。

私は軽症の発熱流行病を、「風」の字を用いて表現したのは、飛沫感染やエアロゾル感染などのように、空気の流れに乗って病原体が人体に入り込む様子を、昔の人々が見抜いたからではないか、と思っていました。しかし本当のところ、古代の中国人が「風」をどうとらえていたか、それを知る手がかりを得るために、『易経』という書物を紐解いてみました。『易経』は占いの本として知られていますが、この世の森羅万象の運行メカニズムを、天・沢・火・風・雷・水・山・地の八つの表象（「八卦」といいます。「当たるも八卦、当たらぬも八卦」との文句で知られる、あの「八卦」です。）を使って説明する自然哲学書として読むこともできます。

原文だと難しいので、公田連太郎の『易経講話』の解説から拾い読みをしてみます。「風は小さな隙間があればどんなところにでも這入るのである……それから、従順にして人にへり下り、いかなる場所、いかなる人にも順応する性質が出てくるのである」「自分の身を小さくして、人にへり下って従順にする、そうして初めて人に容れられるのである」

私はこの箇所を目にして、パンデミックの特徴をものの見事に表現しているように感じました。数ある災害のなかでも、流行病だけは安全地帯とか避難場所のような逃げ場を作ることが出来ません。海を越え山を越え、国境を抜けても、人と人との交際がある限り、どこまでも追ってきます。その恐るべき犯人は光学顕微鏡で姿を捉え得ないほどに小さく、私達の身体を構成する細胞に受け容れられ、最終的には宿主を乗っ取ります。

さらに解説を読み進めてみると「人にへり下り従うのであり……自分が主となって積極的に事をしようとするのではないので、その功果《ママ》は大いに亨るというに至らないのであるが、いくらか自分の志を伸ばすことができる……」

この箇所は、ウィルスが自らの複製を作るための装置を持っておらず、宿主となる細胞に全く依存して増殖する性質を連想させます。こうした仕組みを現代科学が解き明かし始めたのは、やっと二十世紀に入ってからの話で、今回の新型コロナウイルス感染症への対処がまだ確立されていないことからわかるように、我々のウィルス学の知識は未だ完全とは言えません。古代の中国人が流行病に「風」の字を当てることで、病に対する深い洞察を表現していたことに驚かされますし、現代人なら気にも留めない「風」というありふれた自然現象に、並々ならぬ注意を向け豊かなイメージを感じ取る直観的世界把握能力に、畏敬の念を禁じえません。

さて、上橋さんは小説『鹿の王』のなかで、黒狼熱という感染症を題材とされましたが、おそらくモデルとされたのは狂犬病ではないかと推測します。狂犬病は発症すると致死率はほぼ百%という恐ろしい病ですが、日本ではほぼ撲滅状態にあります。つい先日、十四年ぶりの国内発症例が報告されましたが、新型コロナほどには大きくニュースになりませんでした。なぜかというと、感染してから発病するまでの間にワクチンを接種すると発症を防ぐことができますし、ヒトからヒトへの感染はないとされているからです。

では、致死率でいうとわずか五%前後の新型コロナウィルスが、なぜこれほどまでに恐れられているのか、を考えてみるといくつかの理由があるように思います。ひとつは、ウィルスが効率良く感染を拡げているからです。狂犬病のように動物に嚙まれるとか、エイズのように性的接触や輸血で拡がるよりも、咳やくしゃみ、大声で話すだけで他人に伝染する方が、はるかに速くウィルスを拡散できます。また、同種のコロナウィルスであるＳＡＲＳやＭＥＲＳに比べ、無症状のままウィルスを排出する感染者が多いことも、隔離を困難にして感染制御の妨げになる要因となっています。無症状の人が多いと当然致死率は低くなるのですが、そのことがパンデミック制圧の障害となるとは、とても皮肉な現象と言わざるを得ません。

もう一つの理由としては、ウィルスそのものがもたらす害悪よりも、むしろ副次的に起こったさまざまなイベントの方が、巨大なダメージを与えている、ということでしょうか。一例を挙げると、新型コロナ感染症で重症になってしまったケースの中に、サイトカインストームという特殊病態が数多く見られると指摘されています。サイトカインストームというのは、侵入してきたウィルスに人体の免疫システムが過剰に反応し、サイトカインと呼ばれる免疫の信号物質が「嵐（ストーム）」のように体内にあふれかえり、肺や腎臓、神経といった重要な臓器を傷害したり、血液の細胞を破壊してしまう重篤な病態です。まるで、強盗団が都市を散々荒らした挙句、建物に火を放って逃げるような凶悪さです。事ここに至ると、ウィルスは姿を消していることが多く、抗ウィルス剤を使っても効果がありません。サイトカインストームの局面では、闘っている相手はもはやウィルスではなく、ウィルスの挑発に乗ってしまった患者さん自身の身体です。治療には免疫を抑える薬を使うことになりますが、免疫を抑えると、細菌やカビなどウィルス以外の病原体が侵入しやすくなるため、事態の収拾は一筋縄では行きません。

新型コロナウィルスがもたらした厄災は、単に病気だけではなく、政治・経済・社会さまざまな次元に及んでいます。ネット上のデマにしても「自粛」による経済停滞と生活困難にしても、ウィルスはきっかけにすぎず私達自身が作り出した問題、と言えなくもありません。街頭の店先で「コロナに負けるな！」という標語を時々目にしますが、私には「自分に負けるな！」と内心焦りながら自らを叱咤している店主の姿が目に浮かびます。

いったい、この未曾有の難局にどう立ち向かっていけばいいのでしょうか？

未曾有――未だ曾《かつ》て有らずとは言っても、私達の短い人生のなかでは経験していなかっただけで、歴史を見れば世界を揺るがす疫病に周期的に見舞われています。たとえば、ちょうど百年前に流行したスペイン風邪（スパニッシュ・インフルエンザ）は、感染者数が数億人、死者が数千万人という大規模な感染症でした。通常時のインフルエンザは死亡率が〇・一％程度と言われ、死者のほとんどが持病を抱えるお年寄りですが、スペイン風邪の死亡率は桁違いに高く、比較的若い人も亡くなっています。その原因の一つに、スペイン風邪がサイトカインストームを引き起こすタイプのインフルエンザであったことが指摘されています。

私は数年前に、日本東洋医学会から「感染症と漢方治療」という演題の講演を依頼され、文献をいろいろ調べていました。すると、「高病原性鳥インフルエンザ」とよばれる病気が渡り鳥や養鶏場のニワトリの間で流行しており、死んだ鳥を解剖するとサイトカインストームの特徴が認められる、という研究があることを知りました。そして、感染症の専門家は、鳥のインフルエンザがいつの日か「種の壁」を越えて、ヒトのインフルエンザとなって世界的に大流行することを懸念している、という話も耳にしました。

これらの事実から、私は鳥インフルエンザが、かつてのスペイン風邪のように流行したらどうすべきか、机上演習をする必要性を強く感じました。百年前に比べると医学も進歩し、病原体の同定から分析まで非常に速く進むに違いない……しかし治療は？　治療の安全性と効果を確かめるまでには、たくさんの患者さんに薬を投与してデータを収集し分析する作業が必要で、それが完了するまで——標準治療が確立するまで——数カ月あるいは数年単位で空白期間が生まれます。

そこで参考になったのが、百年前の先人はどうスペイン風邪を治療したのか、の記録です。明治末期から昭和初期にかけて、漢方医学が最も衰微した時代に独創的な治療体系を打ち立てた森道伯（一八六七〜一九三一）は、スペイン風邪を三つのタイプに分け、胃腸症状が主のものには香蘇散《こうそさん》加茯苓《かぶくりょう》白朮《びゃくじゅつ》半夏《はんげ》、肺炎型には小青竜湯《しょうせいりゅうとう》加杏仁石膏《かきょうにんせっこう》、脳症をきたした場合は升麻葛根湯《しょうまかっこんとう》に白芷《びゃくし》・川芎《せんきゅう》・細辛《さいしん》を適宜追加して使用した、と言われています。後年、道伯の事績を弟子がまとめた『森道伯先生伝』には「その卓効に驚きて、治を乞う者日に繁く、これを服して治せざるものなし。此処に於て漢方医学の優秀なる所以漸く世人の関心する処となる」と書かれています。

今回のパンデミックのピーク時には、私も何人かの知り合いから発熱や味覚・嗅覚障害などの症状が出たとのことで相談されました。森道伯の処方を基に漢方薬を飲むようアドバイスしたところ、みなさん快方に向かったので、私個人の見解にすぎませんが、漢方にある程度の有効性があると判断しています。他方、現代医学的な抗ウィルス剤による治療の開発は、最新鋭のＡＩをも投入してもいまのところ期待されたほどの鮮やかな成果が出ておらず、まだまだ評価に時間もかかります。臨床の現場で新型コロナが疑わしい症状に出くわした場合、現状では漢方薬で対処するしかないのではないかと私は考えています。

漢方治療の有効性については、もっとケースを積み重ねて科学的に検証する必要がありますが、同一のウィルスが人体に侵入しても、体質によっては胃腸症状・肺炎・脳症と表現型が変わり、それに合わせて対応を変えるという伝統医学的戦略は、多様な問題を引き起こすウィルス疾患の治療によりフィットしたものだと言えます。

わずか数カ月の間に世界を席巻し、しばしば重篤化して短期間のうちに死に至らしめる新型コロナ感染症は、スペイン風邪以来の、百年に一度の歴史的感染症だと私は思っていますが、その百年に一度の出来事に対峙するには、数十年の歴史しかない近代ウィルス学や〝根拠に基づく医療（ＥＢＭ）〟を引っ提げて一九九〇年代から登場した臨床疫学では、まだまだ未熟で力不足なのかもしれません。

漢方の感染症理論には、体外から侵入する病原体とは別に、体内の「毒」というものがあり、その「毒」が外からの病原体に揺り動かされて病が起こってくる、とする考え方があります。現代医学的な考え方では、体内の「毒」などという概念は荒唐無稽でしかないかもしれませんが、同じウィルスに感染しても、なぜある人は無症状で済み、なぜある人はサイトカインストームまで引き起こすのか、という疑問に対し、「毒」の概念を援用すると比較的シンプルに説明できます。つまり、体内の「毒」には個人差があり、「毒」の少ない人が軽症で済み、「毒」が多い人が重症化する、というわけです。

ウィルスはきっかけにすぎず、私達は自身が生み出した「毒」に苦しんでいる

——古い時代の医学から導き出された箴言は、医学の枠を超え、現下の政治経済、社会が置かれている危機的状況を的確に形容しています。日々のニュースを埋め尽くしている政治の機能不全、経済恐慌、社会の分断は、果たしてウィルスのせいなのでしょうか？　パンデミックさえ無ければ、二〇二〇年は華々しい「平和とスポーツの祭典」の成功に彩られ、何の痛痒も感じることなく祝祭的気分のうちに過ごすことになったでしょうか？

大河ドラマ「いだてん」が描いた一九四〇年の五輪挫折からちょうど八十年ですが、歴史は八十年サイクルで変動を繰り返すという説があるようです。一八六八年の明治維新から一九〇五年に日露戦争に勝利して西洋列強に伍するようになるまで

が約四十年、その後太平洋戦争に敗れて焦土と化すまでが四十年で一つの周期と考えると、高度経済成長の時代を経て八〇年代のバブル景気までが上り坂の四十年であり、現在はデフレ不況・少子高齢化で人口が縮小する衰亡の四十年の途上にあるということになります。

政治体制の劣化、老朽化する経済システム、貧富の差が拡大し硬直化する社会……そこへ追い討ちをかけるように、自然災害が起こり、原発事故が起こり、パンデミックが襲い掛かった……このように捉えると疫病の禍も、これまでの四十年をリセットし、全く新しい時代をゼロから築いていく動きを、後押ししている出来事と見ることもできましょう。八十年周期の説を採用するなら、あと数年のうちに「どん底」を迎えます。

『易経』の教えるところによれば、「陽極まりて陰生じ、陰極まりて陽生ず」。

上橋さんは新しい時代にどのような物語を紡がれるのでしょうか？

二〇二〇年皐月末日　「第二波」迫る静まり返った深夜に

地球に宿る

上橋菜穂子

時候の挨拶から始めていた往復書簡ですが、今年は季節すら、いつの間にか傍らを通り過ぎてしまっているようです。

それでも、ベランダに出て空を見上げ、「あ、空の色が濃くなった！」と、思うとき、ふっと、自分をがんじがらめにしている縄がほどけて、安らかな心地が戻ってきます。

オリンピック、そうそう、今年はオリンピックの年だったのだ、と、津田先生のお便りを読みながら思い出し、それすら、すでに遠い感覚になっていることに驚かされました。

いつもながら、津田先生からのお便りは刺激に満ちていますね。

『傷寒論』については、度々、先生から面白いエピソードを教えていただいていますが、今回初めて、著者の張仲景がひとりの人間として身近に感じられて、その哀しみと決意が胸に迫ってきました。感情を伴う共感というものは、同じ境遇に置かれて、ようやく生まれるものなのかもしれません。

一族の三分の二を失うという辛い経験をしてきた彼が切り拓いた道は、なんと多くの人を救ってきたことでしょう。

その彼もまた、完全な無から治療の道を見いだしたわけではなく、多分、先人の経験を、自分の現状から精査し、整理し、応用しながら、より治療に役立つ形へと漢方治療を育てて行ったのでしょう。知識は、伝えられ、集積し、精査されることで大きな力をもつのですね。

先生は、お便りの中で、いまだウィルスを見る術を持たなかった古代の人々が、軽症の発熱流行病を「風」と表現したことについて、

「古代の中国人が流行病に『風』の字を当てることで、病に対する深い洞察を表現していたことに驚かされますし、現代人なら気にも留めない『風』というありふれた自然現象に、並々ならぬ注意を向け豊かなイメージを感じ取る直観的世界把握能力に、畏敬の念を禁じえません。」

と、書いておられますが、私には、この文章が浮き上がって見えるほどに興味深く感じられました。

風という目に見えぬものの振舞いと、やはり目に見えぬウィルスの振舞いを似たものとしてイメージすることで、理解のための糸口にする。更に、その理解を他者にわかりやすく伝えていく方法として使う。これこそ、人類の生存を助けてきた大きな武器なのだろうと思ったのです。

私たちは、詳細な知識によって裏打ちされる「前」に、世界を直感的に把握しているようです。自分の外にあるものを様々なことと結びつけながら感じ、イメージを自分の内側に形作っていく。

面白いのは、そこにある程度の共通点があることで、それぞれ独自の感性で世界を把握しているはずなのに、「風」についての描写を読めば、それが、遥か昔の人が書いたことであっても、なるほど、とわかる。そういう、人類全体で共有している「イメージの捉え方」があるようです。

そのお陰で、言語という、思考を完全に表現することはできない不自由な道具を使っていても、他者にイメージを発動させ、実際の言葉に含まれているもの以上のことを伝えることが出来るのでしょうね。

百年に一度と言われるほどの脅威に晒されている私たちは、今度は、経験を伝える側になるわけで、出来ることなら「この時代の人たちはよく頑張ったなあ！」と思われたいものですが、さて、どうなることやら。

この本の「はじめに」で、私は、思いがけない角度から飛んで来る球が、豊かな発想に繋がっていくことを書きましたが、ウィルスは、まさにこの「思いがけない角度から飛んで来た球」ですよね。

目に見えぬほど小さなウィルスが人の世界に飛び込んで来て、たった数カ月のうちに、世界は激変しました。その激変ぶりが、単に医療の分野に留まらず、経済、社会、政治、福祉、情報、娯楽など、すべての分野を網羅的に揺さぶっている様を見たとき、世界はなんと密接に繋がっているのだろう、と、驚嘆したのは、私だけではないでしょう。

津田先生は、

「数ある災害のなかでも、流行病だけは安全地帯とか避難場所のような逃げ場を作ることが出来ません。海を越え山を越え、国境を抜けても、人と人との交際がある限り、どこまでも追ってきます。」

と、書いておられますが、まさに、その通りで、私たちが人であるかぎり、逃げ場はないのですよね。

人は、ひとりでは生きられない。少なくとも子孫を残しながら人類として生き延び続けるためには、ひとりでは生きていられないのですから。

私たち人類は、群れで生きる生物で、ウィルスは、「群れであること」そのものを揺さぶる脅威です。生き物として私たちがもっている根源的な特徴——それを外したら生きることができない箍《たが》のようなもの——自体を揺さぶるのです。

だからこそ、SARS－CoV－2のような人から人へ感染するウィルスは、「人の群れの在り方」そのものを変化させる力を持っているのでしょう。

この数カ月、世界中で、「人類」がパンデミックに立ち向かっている様を見ながら、私は、時折、人体の内側で起きていることを見ているような、不思議な気持ちになることがありました。

ウィルスは、細菌と異なり、他者と同化しなければ存続できない存在です。他者でありながら、他者ではなくなる、この奇妙な存在が身の内に飛び込んできたとき、人の身体は、わっと反応して、様々な変化が始まる。

身体がパニックを起こして過剰に反応し、その変化を暴走する方へと促してしまえばサイトカインストームが起きて破滅へ向かう一方で、うまく対処すれば抗体ができて、新たな他者と共存しながら生きていける身体へと変わる。

ウィルスという他者が「人類」の中に飛び込んできたとき、「人類」もまた様々に反応しています。感染拡大を抑えるための措置によって多くの職種がダメージを受けてしまった有様は、サイトカインストームで傷ついた細胞を見ているようです。社会を守るために行われていることが、社会の構成要素を傷つけていく——本来は救う目的で発動されたものが、救われるはずの側を傷つけてしまうという、社会内でのサイトカインストームが起きているように、私には見えるのです。

なぜ、そうなってしまうのでしょうか。

私は医学については素人なので、あくまでも感覚的なとらえ方に過ぎないのですが、人体の場合でも、社会の場合でも、「サイトカインストーム」の特徴は「過剰」であるように見えます。

最適値がどこにあるのか経験から知ることができない事態に直面しているのですから、最悪の状況にならぬようにと思えば、どうしても、ある程度の過剰さは生じてしまうのでしょう。「過少」よりはマシ、ということもあるでしょうし。

やってみて、やり過ぎたと気づき、では、このくらいか？　と試し、いや、それでは少な過ぎたと気づかされる。そういうことを繰り返して、ようやく、私たちは「適当」を知るのでしょう。しかし、被害はあまりにも深刻で甚大です。この辛い状況を乗り切る中で、いま経験しているこの辛苦を、改善の手掛かりにして、より良い未来へ繋げる努力をしておかねばなりません。

津田先生が、

「漢方の感染症理論には、体外から侵入する病原体とは別に、体内の『毒』というものがあり、その『毒』が外からの病原体に揺り動かされて病が起こってくる、とする考え方があり（中略）ウィルスはきっかけにすぎず、私達は自身が生み出した『毒』に苦しんでいる――古い時代の医学から導き出された箴言は、医学の枠を超え、現下の政治経済、社会が置かれている危機的状況を的確に形容しています。」

と、書いておられた通り、他者の乱入は「きっかけ」で、その後に起こる悲劇の多くは、実は、自分の身体の中、あるいは社会の中に、元々秘められていた「毒」が顕在化してきたもの、と言えるのかもしれません。

だとすれば、私たちに必要なのは、この危機を逆手にとって社会に内在していた毒を解毒するきっかけに使う、強かな知恵なのでしょう。

人類が生み出してきた毒と、その副産物が生みだした負の網の目は、非常に広範囲にわたっています。

人だけでなく、動物や環境を含め生態系全体の衛生について包括的に捉えようとするワンヘルスというアプローチが、今回のパンデミックを機に国際的に注目されはじめていますが、これは、人を取り巻く世界と、人の体内との、相互作用的な流れとバランスに注目してきた東洋医学の考え方の中には、元々あった視点なのかもしれない、と、ふと思いました。

地球をひとつの身体と見れば、私たち人類は、ウィルスと、とても良く似た存在なのかもしれません。

宿主に頼らねば存在できないのに、なぜか宿主を害してしまうところなど、そっくりですし、人類もまた、ウィルスに似て強かな生物でもあります。パンデミックの渦を越えて生き残る、ということだけなら、身体に元々備わっている生物としての力で、やってのけるのでしょう。

以前のやりとりで、

「生命は外乱に対応するために、『性』という激しく乱数を発生させるシステムを生みだした」

と先生が書いておられたように、遺伝子の多様性が生じることで、生物としての人類も、長く、外乱に対応して生き延びて来たのですから。

このパンデミックが始まったとき、私はしきりに、ラビット・プルーフ・フェンスのことを思い出していました。オーストラリアで、兎の害から牧場を守るために作られたこのフェンスは、万里の長城よりも長い人工の構造物だと言われていますが、これが、あまり役に立たなかったのです。なにしろ、兎は穴掘りが得意ですから、地面に穴を掘って、フェンスをくぐり抜けてしまったんですよ。

それで、今度は感染性の高いウィルスを用いて兎を殺そうとし、九十五%の兎が死んだのですが、なんと、五%の兎が免疫をもっていて、生き延び、持ち前の繁殖力で復活してしまったのです。

これが自然の在り方だとすれば、対策をとらなくても、「私、いつのまにか罹ってたみたい。全然自覚症状なかった！」とか、「いやあ、ひどい目にあったよ、熱が出てさあ」と言いながら生き延びる人たちがいて、その人たちが、新たな社会を作っていくのでは、と思います。

しかし、それでは、医療の助けがあれば生き残れたはずの人が犠牲になってしまいますし、人間は社会を作り、社会に守られてようやく生きられる生き物ですから、医療崩壊を起こして、コロナ感染以外の様々な要因で膨大な数の死者が出た後に、生き残った人口だけで築く社会は、これまでとはまったく違う困難を伴う社会になるはずです。

そのくらい人口が減った方が、地球環境のためになる、という考え方もあるかもしれませんが、それは「考えの向き」が違うように私には思われます。

数字になると個性は消え去ってしまいますが、毎日「数」で表示されている死者は、ひとりひとりが、様々な思いをもって生きてきた人間なのですから。

誰にとっても人生はかけがえのないものです。それぞれの人生を生きている人の集まりとしての人類が、いかに、自分が依存している世界を害さずに生きるかを考えるべきだろうと思うのです。

それは、しかし、とても難しいことで、どういう方法をとっても、必ず、ある程度のダメージは生じるでしょう。最適値は不変ではなく、状況によって絶えず変化し続けるものですし。解毒といっても、目指すべきは「完治」ではなく、揺れながらでも調整を繰り返して、生き延びることを目指す「寛解」なのかもしれません。

スウェーデンの感染対策を担って来たアンデシュ・テグネル博士が、六月三日に、地元ラジオのインタビューを受けた際、

「もし今日われわれが知り得る限りの知識でもう一度同じ感染症に対応するなら、スウェーデンと他国の中間的な手段に落ち着くと思う」

と、語ったという報道が、私にはとても印象的でした。

医療崩壊を防ぎながら社会生活と経済を維持するために、他国に比べて緩やかな制限しか行わない独自の方法をとったスウェーデン。死者数は北欧諸国の中でダントツで、死者の多くは高齢者。それでも淡々と同じ方針を続けてきたこの国の姿勢から、「生き残れない者が、生き残れる者のために去るのは自然の摂理だ」という静かな声が聞こえてくるように感じていたのですが、それは私の勝手な思い込みに過ぎず、彼らもまた、最適値を探す模索を続けているのでしょう。

人から人へと容易に広がるこの感染症は、多様な他者と共に生きることを、どう

考えるか、という問いをつきつけて来ますね。

自分ひとりのことを考えるなら、私は心のどこかであきらめていて、家族に手紙もしたためたんです。努力していても、社会生活を営んでいる限り、罹ってしまう可能性はありますし、そのとき重症化するのか、軽症で済むのか、それはいまの段階ではわかりようがありませんから。

それでも、人からみたら過剰と思われるほど、用心はしています。罹ってしまった人を助けてくださるのは医療従事者の方々ですが、罹らぬように努力することで、他者を守る一助となることは、誰もが出来ることで、なんの力もない私のような人間でも、人の命を守る機会を与えられているわけです。そう思えば、がんばらないわけにはいきません。

この感染症に部外者はいないのですよね。赤ちゃんからお年寄りまで、人類のすべてが当事者。

でも、考えてみれば、世界の行く末を左右することに部外者はいないのだ、ということは、今回の感染症に限ったことではないですね。

私たちはみな、ほの暗い永久から出でて、地球という宿主の中で、多くの他者と共に、辛苦と幸せを味わいながら生きているのですから。

やがて、再び、永久へと去っていくまでに、大切な宿主を少しでも健やかにして、未来を生きる人たちに託していけたらいいですね。


あ、ウグイス！　ウグイスが鳴いています。良い声！

パソコンの向こう側の窓から見える空も、気持ちのよい青空です。明日にも梅雨入りと天気予報で言っていましたけれど、なんという深い青。初夏ですね。

津田先生、長い長い往復書簡、おつきあいいただき、本当にありがとうございました。あれこれ話しながら食事を共にする、幸せなひとときが、また訪れてくれることを祈りつつ、筆を置かせていただきます。

令和二年六月　日吉本町にて

文春文庫

ほの暗《ぐら》い永久《とわ》から出《い》でて
生《せい》と死《し》を巡《めぐ》る対話《たいわ》

定価はカバーに
表示してあります

2020年9月10日　第1刷

著　者　上橋《うえはし》菜穂子《なほこ》　津田《つだ》篤太郎《とくたろう》

発行者　花田朋子
発行所　株式会社　文藝春秋

東京都千代田区紀尾井町 3-23　〒102-8008
ＴＥＬ　03・3265・1211㈹
文藝春秋ホームページ　http://www.bunshun.co.jp
落丁、乱丁本は、お手数ですが小社製作部宛お送り下さい。送料小社負担でお取替致します。

印刷・大日本印刷　製本・加藤製本
Printed in Japan
ISBN978-4-16-791566-7

文春文庫　最新刊

そして、バトンは渡された　瀬尾まいこ
何度も親が替わった。でも、私は幸せ。本屋大賞受賞作

鳥百花　蛍の章　阿部智里
命がけの恋が熱い！　大ヒット「八咫烏」シリーズ外伝集

七つの試練　池袋ウエストゲートパークXIV　石田衣良
ネットで広がるデスゲーム。「管理人」をマコトが追う！

黄色い実　紅雲町珈琲屋こよみ　吉永南央
「小蔵屋」の敷地内で暴行事件が？　人気シリーズ第七弾

ふたご　藤崎彩織
異彩の少年に導かれた孤独な少女が見た光。痛切な青春小説

熱望　水生大海
男に騙され、生活に困窮した独身派遣OLの逆襲と転落

ゴー・ホーム・クイックリー　中路啓太
GHQ草案から新憲法を作れ。終戦直後の熱き人間ドラマ

お局美智　極秘調査は有給休暇で　明日乃
突然の異動、社内の不穏な動き。美智は会社を救えるか!?

八丁堀「鬼彦組」激闘篇　斬鬼たち　鳥羽亮
次々と斬殺される大店の主たち。凄腕の侍の仕業なのか

一矢《いっし》ノ秋《とき》　居眠り磐音（三十七）決定版　佐伯泰英
磐音は、田沼が差し向けた刺客の唐人と最終決戦に臨む

東雲《しののめ》ノ空《そら》　居眠り磐音（三十八）決定版　佐伯泰英
長い逃避行の果て、磐音はとうとう江戸に帰って来た！

理系。　川村元気
世界を救うのは理系だ！　養老孟司ら理系人との対話集

ほの暗い永久《とわ》から出でて　生と死を巡る対話　上橋菜穂子　津田篤太郎
作家と医師がパンデミック後の未来を語り合う往復書簡

そのへんをどのように受け止めてらっしゃるか　能町みね子
日々溢れる言葉の違和感に迫る、「週刊文春」連載を文庫化

藤沢周平　遺された手帳　遠藤展子
作家「藤沢周平」となるまでの苦闘の足跡を愛娘が辿る

13・67　上下　陳浩基　天野健太郎訳
名刑事の警察人生から香港の変貌を描く社会派ミステリー